돈은 없지만
독립은 하고 싶어

돈은 없지만 독립은 하고 싶어

25만원 짜리 방으로 **숨어버린 남자**의 이야기

초 판 1쇄 2024년 04월 11일

지은이 김정관
펴낸이 류종렬

펴낸곳 미다스북스
본부장 임종익
편집장 이다경
책임진행 김가영, 윤가희, 이예나, 안채원, 김요섭, 임인영, 권유정

등록 2001년 3월 21일 제2001-000040호
주소 서울시 마포구 양화로 133 서교타워 711호
전화 02) 322-7802~3
팩스 02) 6007-1845
블로그 http://blog.naver.com/midasbooks
전자주소 midasbooks@hanmail.net
페이스북 https://www.facebook.com/midasbooks425
인스타그램 https://www.instagram/midasbooks

ISBN 979-11-6910-585-9 03810

값 **17,500원**

돈은 없지만 독립은 하고 싶어

김정관 지음

미다스북스

프롤로그

스물여덟, 고시원으로 숨다

아마 2달 전부터 꼬인 거 같다.

하루는 아버지가 취업은 어떻게 할 거냐길래, 아직은 안 하고 있는데 알아서 잘할 테니 걱정하지 말라고 했다. 이때부터가 시작이었다. 이 여유로운 대답에 아버지는 얼떨떨해했고, 자세한 사정은 모르지만 또 뒤에서 부부끼리 자식이 정신을 못 차린 것 같다고 토론한 듯했다. 그때부터 아버지의 잔소리가 심해졌다. 그걸 피하고자 아침에 도서관도 다녔다. 잠깐이라도 쉬는 틈이면 공격이 들어왔다. 주제는 취업이기도 했고, 밥상 예절이기도 했고, 빨래이기도 했고, 화장실 청소이기도 했다. 그냥 잔소리면 괜찮겠지만 늘 그 뒤에

한 마디가 붙었다.

"네가 그러니까 사회생활을 못 하지."
"네가 그 말투니까 남이 무시하지."
"네가 그러니까 사회에 잡아먹히지."

아, 쉽지 않았다. 2달 정도 놀고 이제 좀 뭐를 하려고 하는데 꼭 한마디 하셨다. 원래 공부도 하라고 하면 더 하기 싫은 거 아닌가.

하루는 면접과 여행이 겹쳤다. 여행 중에 면접 준비를 하고 돌아와서 바로 면접을 보기도 했다. 아침에 일어나 도서관에 가 프린트하고, 근처 독서실에서 2시간에 3만 원을 내고 큰 방을 빌려 면접을 봤다. 면접 후에는 집에 돌아와 잠깐 쉬고 도서관에 가서 다른 서류를 준비했다. 이날은 정말 힘들어서 조금 일찍 와 누워있었는데 아버지가 오셨다. 왜 거실 불을 안 끄고 갔냐. 정신을 안 차리냐. 그래서 사회생활 하겠냐.

이때 나도 완전히 정신을 놓아버렸다. 지금 나한테 중요한 건 거실 불이랑 젓가락이 아니라 일이든 공부든 하나라도 더 준비하는 건데, 매번 다른 거로 지적하니 대꾸할 힘도 없었다. 10시부터 22시까지 도서관에 갔다 오는 건 보이지 않는 건가?

그때 이후로 집을 나오기 전까지 14일간 정말 좀비처럼 살았다. 나를 괴롭히는 게 부모 입장에서 더 아픈 거라는 바보 같은 생각 때문이었을까? 스마트폰과 유튜브를 온종일 보고 밥도 굶는 밤낮이 바뀐 생활을 반복했다. 스스로가 쓸모없는 인간 같다는 생각이 꼬리에 꼬리를 물었다. 그 말을 듣고 바로 집을 나오려고 했으나 어머니 생일과 예비군이 있어 번거로울 것 같아 잠깐 더 있었다. 지금 생각해 보면 차라리 진작 나오는 게 나았다.

인터넷에 이런 글이 있었다. "내가 월 1억을 벌면 하루에 330만 원을 버는 꼴이다. 그래서 나는 만나고 싶은 사람을 만나고, 만나고 싶지 않은 인간은 안 만난다. 컨디션 관리에

최선을 다한다.”

본가에 있던 넉 달 중 두 달은 잘 보냈으나 나머지 두 달은 컨디션 관리가 전혀 안 됐다. 한 달에 200을 벌지만 정말 쓸모없이 날아간 날들이었다.

조카를 괴롭힌 거 아니냐는 말.

일일 아르바이트 몇 번 했다고 너도 요즘 애들처럼 아르바이트만 하고 살 거냐는 말.

젓가락으로, 화장실로, 거실 불로 한 마디 던지는 말.

내 말에 기분 나빠 하지 말라는 말. 너만 손해라는 말.

첫 번째 말은 너무 어이가 없어서 몇 주간 화가 안 풀리기도 했다.

마지막 2주도 거의 날려 먹었다. 어설프게 자식 노릇을 한다는 생각으로 버텼는데 정말 손해였다. 이 두 달은 정말 나를 퇴행시켰다. 글을 못 쓰게 하고, 온갖 좋은 생각들을 다 버리게 했다. 이럴 바에 혼자 사는 게 낫겠다는 생각이 들었다. 부모님도 나가서 살라고 했으니 서로 윈윈이었다. 생각해 보면 스무 살 이후 형과 자취, 교환학생 등으로 부모님과 산 기간은 얼마 되지도 않고, 열심히 보냈던 기간들도 부모님에게 영향을 받지 않아서 해낸 것이기 때문이다.

그래서 그냥 나오기로 했다. 불만보다는 불안을 선택하기로 했다. 신기하게도 나오자마자 바로 이렇게 글을 쓰고 있다.

DATE.	TITLE.
고시원 0일 차	고시원은 어떤 곳일까?

고시원에 산 적이 없는 건 아니다. 두 달 전 대학교 때 아는 선생님이 소개해 줘 행사 아르바이트를 일주일 동안 했다. 아침 9시부터 시작이라 경기도에서 다닐 자신이 없어 고시원을 예약했다. 보통 오전 10시 기상 새벽 2시 취침인 날들을 보냈기 때문이다.

〈타인은 지옥이다〉라는 무시무시한 만화도 있고 "고시원에 살면 고생이다, 이상한 사람만 있다."는 말도 있어서 걱정도 했다. 실상은 그냥 사람 사는 곳이었다. 여기가 사람 사는 곳 맞냐는 표정을 보이는 분도 계시겠지만.

다음 장에 보이는 사진 같은 방이 25만 원이고, 화장실, 샤워실, 외창문, 내창문 등의 유무로 가격이 정해진다. 정말 비싸면 50만 원까지도 간다. 이 정도면 원룸과 다를 바 없다고 생각하겠지만 보증금이 없는 게 그나마 장점이다. 신기한 게 서울이라고 유달리 비싸지도, 경기도라고 유달리 싸지도 않았다. 어느 주거 공간이 그렇듯 업무 공간이나 핫플레이스가 많은 지역은 조금 더 비싼 듯했다. 아마 찾아보면 행복주택, 청년주택 이런 게 더 있겠지만, 보증금 없이 당장 20만 원대로 살 곳을 떠올리면 고시원밖에 없지 않을까.

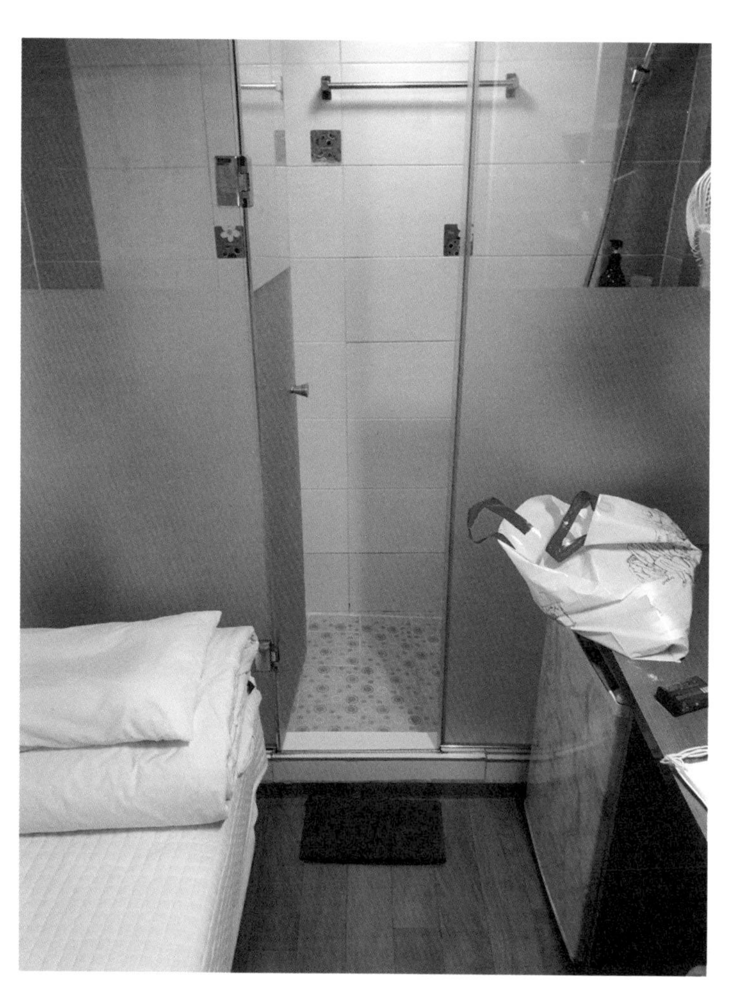

아르바이트하면서 묵었던 방

아르바이트할 때 잠깐 머물던 곳은 화장실과 샤워실이 있었다. 그곳은 샤워 후에 문이 제대로 안 닫혀 밤새 습했고, 물이 바닥까지 새기도 했다. 물도 새는데 샤워실과 변기가 있단 이유로 방 가격도 몇십만 원 더 비쌌다. 그럴 바에 싼 헬스장을 이용하는 게 방에서 덜 습하게 자고 수건 걱정도 덜 해 낫겠다는 생각이 들었다. 인간의 최소 조건이라고 생각되는 배설의 자유가 월 10만 원이라는 생각도 들었다. 수용소에서 최소한의 인간성을 지키기 위해 먹을 것보다 씻는 걸 택하는 사람도 있었단다. 그게 현대에서는 월 10만 원이다.

경기도에서 2개, 서울에서 2개 정도의 방을 봤다. 가격은 이때 대충 알게 됐다. 경기도의 한 곳은 정말 허름하고 낡아서 여긴 아니다 싶었다. 고시원장이 빈방이라고 소개한 곳을 몇 개 보고 쭉 둘러보는데, 한 방이 열려있길래 빈방인가 싶어서 봤더니 안에 사람이 있었다. 한 아저씨가 방문을 열고 TV를 틀어놓은 채로 누워있었다. 눕는 거야 자유지만 오후 시간에 굳이 방문을 열고 TV를 틀어놓은 채 누워있는 중년 남자를 보는 건 유쾌한 일은 아니었다.

다음 서울 고시원은 그나마 깔끔했다. 시설이야 어디든 비슷하더라도 오픈한 지 1년밖에 되지 않아 깔끔한 점이 마음에 들었다. 가격도 웬만하면 20만 원대로 다른 곳들에 비해서 저렴했다. 그래서 이틀 뒤 바로 입금했고, 짐도 미리 보내두었다. 나머지 곳들도 통화는 했으나 가격대가 오히려 신축보다 높아서 제외했다. 경기도에 있는 곳은 일자리가 많은 서울로 가게 되면 불편할 것이고, 다른 서울에 있는 곳은 가격에 비해 시설이 마음에 들지 않았다.

고시원으로 가겠다 생각했을 때 바로 괜찮은 곳을 찾은 것 같아서 다행이었다.

DATE.	TITLE.
고시원 1일 차	타인은 지옥인가

뭐든 1일 차는 벅차다. 고시원 1일 차도 그랬다. 늘 그렇듯 본가에서 10시쯤에 일어났고 지난밤 정리해 둔 짐에 충전기와 욕실용품을 추가로 챙겼다. 느긋하게 밥을 먹고, 어쩌면 더 못 볼지도 모르는 신문도 봤다. 집을 나오니 11시였다. 아버지는 웬일로 엘리베이터 앞까지 나와 마중해 주셨고, 어머니는 가족들을 너무 미워하지 말라는 문자 메시지를 남기셨다. 밉지는 않지만 서로 화나게 하는 건 어쩔 수 없으니 '잘 살아보겠다'는 답장 정도만 드렸다.

고시원에 도착했다. 전화해 보니 고시원장이 항상 상주해 있는 건 아니니 적당히 입주해 있으라 해서 바로 들어갔다. 짐을 정리하고 나와 편의점 도시락을 사 먹고 헬스장을 몇 군데 둘러보았다. 운동 겸 씻을 공간이 필요했다. 시설은 예전 다녔던 곳보다 못한데 가격은 거의 두 배였다. 고시원 가격은 비슷한데 헬스는 왜 이런지. 연중무휴에 조금 비싸고

먼 곳으로 할지, 한 달에 6일 쉬는 싸고 가까운 곳으로 할지 고민이 됐다. 일단 조금 쉬고 장을 보러 갔다.

다이소에 가서 옷걸이와 샤워 바구니 등을 샀다. 얼마 안 산 거 같은데 3만 원이나 나왔다. 샤워 바구니를 헬스장용과 고시원용, 총 두 개 산 게 6천 원이라 큰 비중을 차지했다. 조용히 다녀야 한다고 해서 슬리퍼도 구매했다. 이것만 해도 거의 1만 원이다. 게다가 짐이 꽤 무거워 선선해지는 걸 기다리기 위해 근처 카페에서 시간까지 때웠다. 벌써 지출이 상당하다.

카페에서는 오랜만에 채용 사이트에 접속해 보고, 유튜브 쇼츠를 만들었다. 작성했던 글도 다시 봤다. 2주 전만 해도 꽤 또랑또랑한 정신을 유지했던 거 같은데 그 정신을 되돌리기 위해 노력해야겠다는 생각이 들었다. 두 시간쯤 시간을 보내고, 다시 고시원에 돌아와 짐 정리를 했다. 옷걸이에 옷을 걸었고, 수건을 꺼냈고, 샤워 바구니에 용품들을 나눠 담았다.

○

역시 헬스장은 집 가까운 게 좋아 가까운 곳으로 가서 등록했다. 사장인지 직원인지 모를 여자가 나와 느긋하게 "제가 좀 느리…쥬. 그래도 재촉하면… 더… 못하니까… 이렇게 할게요…." 응대하고 사물함 열쇠를 주었다. 환불은 솔직히 말하면 어렵다고 해서 뭐 어쩔 수 없다고 생각했다. 시설도 그저 그렇고 응대도 마음에 안 들지만 8개월 만에 헬스를 하니 너무 신나서 2시간 넘게 했다. 오랜만에 근육통까지 느낄 수 있었다.

○

저녁을 먹으면 졸릴 게 뻔해 시간을 보낼 장소를 찾다가 청년지원센터를 발견했다. 스터디 카페처럼 생겼는데 서울 청년은 무료란다. 시설이 닫히는 시간까지 지원서를 하나 작성해 제출했다.

고시원에 돌아와 라면을 끓였다. 라면은 무료다. 두 끼를 이렇게 먹으면 1,000kcal긴 한데, 그래도 칼로리를 생각해 나중에 건면을 따로 사서 먹을까 생각했다. 한 끼는 사 먹고 한 끼는 고시원의 라면을 먹을 예정이다. 부족한 영양은 영양제로 보충하려고 해 잔뜩 사두었다. 음식으로 먹는 게 좋은 걸 알지만 먹을 돈도 없고 먹기도 번거롭다. 처음이라 가스레인지를 다룰 줄 몰라 어버버하고 있는데, 앞에 라면 끓이던 사람이 다 끓이고는 내 냄비까지 올려주고 갔다. 타인은 지옥이 아닌가? 전 회사 다이어리를 받침대 삼아 젓가락 없이 포크로 먹었다. 그래도 아직은 할 만하다는 생각이 들었다.

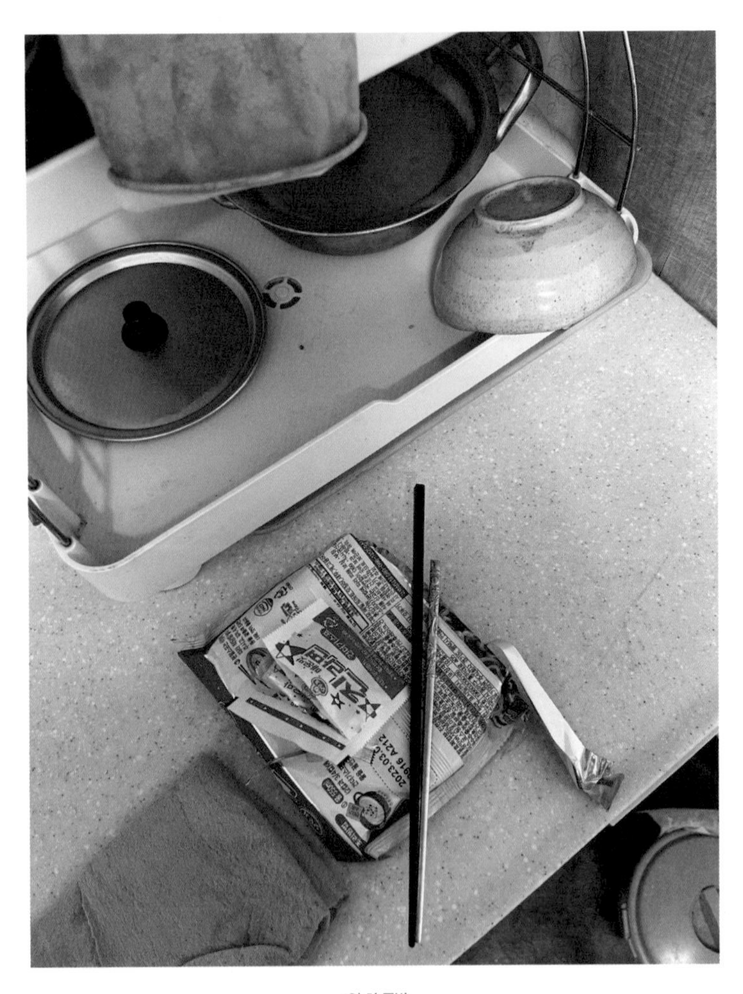

1일 차 주방

○

운동을 너무 열심히 하고, 오랜만에 밥을 먹어서인지 금방 졸려 침대에 누웠다. 꽤 오래 핸드폰을 봤다. 어디인지 알 수 없는 방에서는 계속 소리가 들렸다. 다들 조용해질 때쯤에서야 핸드폰을 내려놓았다. 책을 봐야 할 거 같아 전자책을 봤다. 그러다 잠이 들었는데 모기 때문에 깼다. 잡고 다시 잠자리에 들었다. 새벽 네 시였다.

DATE.	TITLE.
고시원 3일 차	고시원에 살아도 루틴은 있어야 한다

아침 10시쯤 일어나 11시쯤 청년지원센터에 간다. 아침은 굶고 점심은 사 먹는다. 20시쯤 나온다. 21시에는 헬스장에 간다. 22시 30분까지 하고, 고시원에 돌아가서 라면을 먹는다. 잠은 새벽 2시쯤 잔다. 그리고 반복. 고칠 게 너무 많다. 일단 기상 시간이 너무 늦다. 늦어도 9시에는 기상하고 싶은데 먹을 걸 아끼려고 고시원에서 먹다 보니 늦게 먹고 늦게 자게 된다. 게다가 이불이랑 베개가 없어서 목이 불편하고 아침에는 추워서 떨면서 깬다.

오늘 이불과 베개를 사려고 한다. 음식은 운이 좋게도 유통기한 임박 음식을 검색하다가 닭가슴살이 싸게 올라와서 바로 구매했다. 공용 냉장고라서 누가 훔쳐먹을까 걱정이지만 감안할 정도로 저렴했다. 방 안에도 냉장고가 있지만, 가동되는 소리가 너무 시끄러워서 공용 냉장고를 이용하고 있다. 아침, 저녁은 닭가슴살, 점심은 외식을 하면서 식사 루틴도 굉장히 안정화됐다. 더 건강히 먹기 위해 견과류를 살까 고민 중이다.

와이파이와 신발장을 사용할 수 있게 됐다. 첫날에 고시원장을 만나지 못해 사용하지 못하고 있었다. 고시원장이 상주하는 건 아니라고 해서 언제 만나나 했는데 2일 차에 바로 만나서 물어볼 걸 다 물어봤다.

○

청년지원센터는 아주 편리하다. 콘센트가 있고, 에어컨과 공기청정기가 있으며, 청년들이 옆에서 무언가 열심히 하고 있다. 나 역시 오랜만에 지원서를 냈고, 아르바이트도 구하고 있다. 음식물 반입 금지라고 해서 물만 먹으면서 버텼는데, 다들 커피를 하나씩 들고 있었다. 나도 3일 차부터는 커피를 마시면서 하고 있다.

○

예전에 일했던 학원 프랜차이즈의 다른 지점에서 비슷한

업무를 구하길래 지원했다.

○

서울은 역시 서울이다. 서점도 앞에 있고, 옷 가게들도 지하철 타고 10분이면 다 갈 수 있다. 2일 차에는 오랜만에 서점에 갔다. Spa 브랜드에서 세일하는 5,000원짜리 잠옷도 샀다. 아르바이트 공고도 슬쩍 보니 꽤 많다. 대학생 때 이렇게 살았으면 재밌었겠다 싶다. 서울시 자전거도 너무 편하다. 킥보드를 이것저것 많이 이용해 봤는데 다들 10분만 타도 2,000원씩 나온다. 그에 비해 자전거는 1시간 이용권을 끊어도 1,000원이다. 킥보드보다 안전하기까지 하다.

헬스장에서 씻고 운동하는 것도 익숙해졌다.

3일 차 헬스장

○

저번에 라면 먹기가 애매하다고 했는데, 이제 그 방법을 좀 알 것 같다. 며칠간 지켜본 결과 그냥 부엌에서 서서 먹는 사람도 꽤 많았다. 따라 해보니 나쁘지 않다. 방에 가져가서 자리 잡고 먹는 것보다 그냥 서서 먹는 게 훨씬 빠르다.

수면이 애매한 이유 중 또 하나는, 소음 때문이다. 왜 밤 11시가 되도록 다들 이어폰을 안 끼고 무언가를 듣는 걸까. 저 사람들은 다음 날 출근을 안 하는지 벽 밖에서는 술 먹는 소리가 들린다. 늘 이어폰을 끼고 자게 된다.

그래도 나쁘지 않다. 화장실과 샤워실이 없어 습하지 않다. 세탁비를 따로 받지 않는다. 옥상에서 담배도 피울 수 있다. 업무중심지와도 가깝다. 잘만 풀리면 좋겠다. 어제는 한 대학교수의 유튜브를 봤는데, 누군가의 30년 커리어를 나열하면 좋아 보일 수밖에 없다고 했다. 다들 사이사이에 고난과 역경을 가지고 사나 보다.

DATE.	TITLE.
고시원 5일 차	중고 거래에서 부자를 만났다

아침 기상이 힘든 이유를 알겠다. 창이 없으니 햇빛으로 기분 좋게 일어나는 경험을 할 수가 없다. 기분 탓인지 허리도 아픈 거 같다. 매일 운동을 해서 그나마 다행이다. 운동을 하면서 관련 영상을 계속 듣고 있다. '머슬 메모리'라고 하나, 운동을 해본 사람이라면 그 경험이 근육에 새겨져 오랫동안 안 하더라도 금방 예전 운동량을 되찾는다는 개념이다. 확실히 첫날이랑 지금이랑 드는 무게가 많이 다르다. 다음 주쯤 되면 한창 열심히 하던 정도로 돌아갈 수 있을 거 같다. 예전에 PT를 받을 때 엑셀로 세트 수, 횟수, 부위 등을 나눠 정리했었다. 예를 들어, 60kg 12회 3세트라면 '60×12×3=2160'이라는 전체 볼륨이 나온다. 어제 생각이 나서 다시 기록하기 시작했다. 날이 갈수록 기록과 데이터가 중요하다는 게 체감된다.

어제는 모기를 발견했다. 첫날에 모기 때문에 잠을 설친

게 떠올라서 잡고 자려고 했는데 2번이나 놓쳤다. 괜히 새벽에 깨면 찝찝할 거 같아 핸드폰을 보고, 책을 보면서 기다렸다. 그래도 찾을 수가 없었다. 이 조그만 방에 흰색 벽이면 보일 법도 한데 이상하다. 결국 새벽 5시쯤 잠이 들었다. 신기하게 물리지 않았다. 아침에 일어나자마자 약국에 가서 살충제를 샀다.

오랜만에 빨래를 했다. 옥상에 빨래를 널고, 아침에 걷으려 했는데 하필 비가 왔다. 그리고 하필 그날 모기를 찾느라 늦게 일어나서 일찍 걷지 못했다. 물이 넘칠 거 같이 쏟아지던 비도 한 시간쯤 지나자, 물이 빠졌다. 기껏 새벽까지 돌리고 널었던 빨래를 힘없이 줍고, 다시 세탁기에 넣고, 또 건조기에 넣었다. 진이 빠지지만 이 정도로 기죽어서는 안 된다.

○

돈을 쓰면 기분이 좋다. 모기, 소나기로 기분이 안 좋아서 점심부터 짬뽕을 먹으러 갔다. 원래라면 닭가슴살을 먹어야 했다. 이후에는 카페에 가서 커피를 마셨고, 저녁에는 햄버

거 세트도 먹었다. 먹을 때나 돈을 쓸 때는 좋았으나 막상 쓴 금액을 보니 좋지 않았다. 돈을 쓰면 기분이 나아지지만, 돈이 없을 때 쓰면 금방 안 좋아지는 게 또 기분이다.

이때쯤 이불과 베개를 샀다. 확실히 잠이 나아졌다. 원래 중고로 구매하려 했는데, 생각보다 오프라인의 가격이 나쁘지 않아서 바로 구매했다. 아, 베개는 별로였다.

○

서울을 지나가다 보니 시위가 자주 보인다. 예전 의경 때는 마음이 복잡했다. 이제는 복잡할 틈도 없다. 햄버거 세트를 늦지 않게 사는 게 더 중요하다. 안정됐다. 먹을 것도 구비해 뒀고, 먹을 곳도 정리해 뒀다. 취업 준비 기간 동안 시간을 보낼 공간도 알아 뒀다. 그리고 이제는 좀 외롭다. 알아보러 다닐 때는 외로울 틈도 없었다. 이제 하나둘 안정되니 쓸데없는 생각이 든다.

밤 11시 헬스장에서 나올 때, 젊은 여자들이 와인을 마시러

가고, 회사원들이 회식하는 모습은 혼자인 내 모습과 대비된다. 나름 열심히 산다고 하지만, 아무도 알아주지 않고, 어떠한 금전적 성과도 얻지 못하고 있다. 친한 친구들은 회사원, 대학원생이고 본업뿐 아니라 하는 게 많아 연락하기도 민망하다. 애꿎은 인스타그램만 보고 있다.

○

중고로 옷을 구매했다. 2~3년 전에 괜찮게 봤던 브랜드인데 가격이 너무 좋았다. 자기 집으로 와도 된다길래 갔더니 정말 새로운 경험이었다. 30평 아파트, 따로 둔 드레스룸, 한두 가지 브랜드로 가득 채운 옷장. 거실 가운데 켜 둔 플레이리스트 채널. 싱글남이 꿈꾸는 그런 곳이었다. 나이는 40대쯤 되었을까.

옷만 해도 몇억 원은 되어 보였다. 옷 구경하면서 이런저런 이야기를 나누고, 마지막에는 명함까지 받았다. 지루하던 차에 오랜만에 새로운 자극을 받았다. 다시 한번 멋있게 살아 봐야겠다.

DATE.	TITLE.	
고시원 8일 차	쪽팔린 건 돈이 없는 게 쪽팔린 거다	

처음 고시원에서의 주말이다. 주변이 업무지구라 그런지 카페도, 식당도 저녁이 되면 문을 닫아서 본가에 갔다. 변명 같지만 에너지 회복을 위해 헬스도 쉬었다. 본가에 가기 전 근처에 콩국수 맛집이 있다고 해서 부리나케 갔다. 생각보다 많이 아쉬웠다. 가격은 만 원인데, 먹어본 어떤 콩국수보다 별로였다. 요즘 사람들은 콩국수 맛을 모르나 보다.

8일 차 콩국수

○

오랜만에 부모님을 뵈었지만 할 말이 없었다. 데면데면하게 인사하고, 적당히 밥을 먹고, 적당히 짐을 챙겼다. 우산, 섬유 스프레이, 겨울용 바지 등을 챙겼다. 소극적 복수인지, 예전 습관 때문인지 집에서 도저히 기운이 나지 않았다. 저녁을 먹고 종일 누워있다가, 낮잠을 자고, 또 일어나 유튜브를 뒤적거리다 새벽에 잠이 들었다.

가장 좋은 길은 가장 쉬운 길이다. 전쟁을 멈추는 방법은 총을 더 쏘는 게 아닌, 사랑을 말하는 거다. 방아쇠에 걸린 손이 아닌, 손가락 하트가 세상을 더 행복하게 만든다. 부모와의 관계 해결도 사랑이면 된다. 자식을 유기하는 부모가 아닌 이상, 자식을 사랑하지 않는 부모는 없으니까. 알면서도 부모님에게 잘 못 하니 새삼 언행일치의 중요성을 깨닫는다. 언젠가 이 글을 가족에게 공개할 때가 되면, 그때는 잘 지낼 수 있을까.

늘 부모님에게 미안한 마음이 든다. 공부도 못하지 않았고, 취업도 빨리해 걱정을 많이 덜어드렸다. 미안한 마음이 사라지지 않는 건, 자식을 낳아 기른다는 게 굉장한 수고와 노력이 든다는 걸 알기 때문이다. 맞벌이 두 분이면 굉장히 풍족한 생활을 했을 텐데, 늘 간소하게 식사하시고, 김치찌개로 몇 끼를 해 드시는 건 그들이 맛을 몰라서가 아니다. 아껴 쓰고, 자식들에게 물려줄 걸 모아두는 길을 선택했기 때문일 거다.

왜 우리 부모는 저렇게 재미없게 살까 싶었다. 조금 더 즐길 게 많은데. 왜 늘 무언가를 선물해도, 같이 가자고 해도 싫다고 할까. 아차. 저 재미없는 부모에는 나도 일조했다. 그들이 나를 먹이고, 등하교시키고, 학원을 보내기 위해 아등바등 버텨내며 산 삶의 결과가 저거다. 군대에서는 선임 머리를 부지깽이로 깼다던 아버지가 경찰에서는 라인에 밀려 승진을 못 해도 정년까지 버틴 건, 일에 대한 자부심뿐만 아닌 가장으로서 책임감도 있었을 거다. 격동의 80, 90년대 시위를 막던 어머니가 돌아와서는 형제들 밥을 챙기고 학원을 챙기며 소리를 질렀던 건, 사랑하지 않아서가 아니라 조급해서였을 거다.

○

아버지는 늘, “네 자식에게나 잘해라, 사내새끼라면 자식이 있어야 한다.”라고 말씀하신다. 정말 그거면 될까. 그전까지는 평생 미안해하며 살아야 하는 걸까. 우리 사이에는 조금 더 대화하고, 조금 더 안아주며, 조금 더 응원하는 일은 없을까. 『이기적 유전자』처럼 묵묵히 유전자를 이어나가는 삶이 다일까? 무뚝뚝한 아버지가 어머니를 ‘중전’이라고 저장해둔 걸 볼 때마다 혼자 웃는다. 유튜브에선 네가 가질 수 없었던 그 아버지가 되라고 한다. 일주일 만에 집에 왔다고, 닭볶음탕을 해 두었다고 아버지는 또 웃으신다. 미워할 수가 없다.

부모님이 가끔 준비해 주시는 아침

○

일요일. 아침에 일어나자마자 씻고 나왔다. 차라리 고시원에 있는 게 낫겠다. 고시원에 도착하니 오후 네 시 반이었다. 카페는 거의 일곱 시에 닫고, 식당도 다 닫아서 애매했다. 고시원 안에서는 이제껏 시간을 안 보내 봤다.

영 별로다. 고시원 외국인들은 자기들끼리 방에서 떠들고, 통화를 한다. TV인지 핸드폰인지 이어폰 없이 보는 거 같아 소음도 심하다. 그리고 방안의 텁텁함. 고시원 복도로 이어진 내창이 있지만, 건물 밖으로 통하는 외창만큼은 환기가 안 된다. 30분만 앉아 있어도 텁텁함에 숨이 막힌다. 머리가 아파 침대에 잠깐 누워있으면 졸리다. 30분 정도 자면 30분 정도 다시 집중할 수 있고, 다시 30분 뒤면 숨이 막힌다. 이렇게 3번 정도 반복한 거 같다. 다행히 마지막에는 3시간 정도 집중할 수 있었다. 인간은 적응의 동물이다. 고산지대 훈련이랄까.

대충 구성비가 40대 이상 한국인 남성 30%, 2~30대 한국인 남성 30%, 20대 외국인 남성 20%, 20대 외국인 여성 10%, 2~30대 한국인 여성 10%쯤 되는 것 같다. 외국인들에게는 특유의 냄새가 난다. 패출리 계열 향수는 안 뿌려도 되겠다.

○

단기 아르바이트를 했다. 학원에서 교재 및 박스를 나르는 일이었다. 고시원에서 너무 떨어진 곳은 싫으니 어필을 많이 하려고 학원의 다른 지점에서 일했다는 걸 적었다. 4년 전 토익 910점, 2년 전 850점 등은 적으려다가 민망해서 적지 않았다. 나중에 아르바이트용 프로필을 따로 만들어야겠다. 정규직이나 인턴이 단기 아르바이트에 그렇게 필요하지는 않으니까.

친구가 너처럼 야생에 나와 사는 사람은 없다고 했다. 민망했다. 회사에서 못 버텨서 나온 거고, 부모와 사이가 좋지 못해 나온 것뿐이다. 가장 좋은 답은 회사에 잘 적응하고, 부모와 잘 지내는 건데 그걸 못해 더 돌아가는 길을 선택했다. 돌아가면서 직장인일 때의 미래 계획도 전부 초기화됐다. 내가 참지 못해서다. 야생에 나와보니 열심히 했다고 했던 일들이, 학교라는 울타리와 직장이라는 사회하에서 이루어진 전부라는 게 느껴진다. 직장은 지옥이라지만, 밖은 야생이다.

아르바이트하는 친구들 대부분이 20대 초반이다. 아직 취업이나 창업보다는 회식, 술, 연애 이야기를 한다. 취준 커뮤니티, 고시원 커뮤니티라도 만들어야 할 것 같다.

회사지원은 밤에 해야 한다. 예전에는 깐깐히 골랐다. 여기는 비즈니스모델이 어떻게 되지, 구성원은 몇 명이지, 투자는 받았나, 팀원 구성은 어떻지, 기사는 어떻게 나왔지. 다 찾아보고 나서야 지원했다. 그래서인지 합격률이 괜찮았던 거 같은데, 이제는 되는대로 지원한다. 합격률은 더 낮아졌지만 그래도 따지기보다는 하는 게 낫다.

그래서 밤에 지원한다. 낮에는 생각이 많아 안 되는데 밤에는 걱정이 많아 지원이 잘 된다. 무서워? 쪽팔려? 안 될 거 같아? 돈 못 버는 게 더 쪽팔리고 무섭다.

DATE.	TITLE.	
고시원 9일 차	인스타그램에선 다들 잘살겠지	

회사지원을 꽤 했는데 주르륵 불합격이다. 이제는 지원이 문제가 아니라, 쌓아온 것들이 문제가 있는 게 아닐까 싶다. 그래도 어떻게든 해내 봐야겠다. 8일은 정말 알차게 보냈다.

아침에 아르바이트하기 위해 운동을 하고, 옷을 갈아입고 청년지원센터에 가서 몇 군데 지원한 뒤, 다녀와서 한 번 더 운동했다. 이 낡은 헬스장은 의외로 아침에는 출근하는 사람들로 붐볐다. 아침에 못 한 운동은 밤에 마저 했다. 다운된 기분도 역기를 들면서 좋아진다. 엑셀로 정리하며 운동해서 조금 더 효과적으로 운동하고 있다.

개명해야 할까? 이름의 마지막 글자인 '관'은 '관리 관(官)'이다. 중간 한 글자를 합치면 이름이 말 그대로 국가의 관리라는 뜻이다. 부모님은 내가 어지간히 공무원이 되길 바라셨던 거 같다. 혹시 개명하면 운이 트일 수도 있지 않을까. 조금 더 무난한 이름으로 지어 주셨어도 괜찮았을 텐데.

병철, 건희, 주영, 태원 뭐 많지 않은가. 찾아보니 개명 절차가 그렇게 어렵지는 않은 거 같다. 사실 이름이 중요한 게 아님은 알고 있다. 목사 아들이었던 최낙원 회장도 파라다이스 카지노를 세웠다. 이 파라다이스는 최 회장의 아버지가 생각했던 낙원이랑은 다를 거다.

○

커뮤니티를 많이 끊었다. 그나마 보던 패션 커뮤니티들과 대규모 네이버 카페들도 거의 다 탈퇴했다. 더 심심해지겠지만 인생의 공백이 생기고, 화장실 가거나 이동 때 생각하고 돌아볼 시간을 가지고 싶었다. 이 심심함은 진짜 심심함인가? 배고프지 않아도 맛있는 음식이 끌리는 가짜 배고픔처럼, 심심한데 잠깐 심심함을 달래주는 가짜 해소 같았다. 조금 더 메모장을 많이 켜고, 조금 더 많이 무언가 쓰고 있다.

옷에 흥미가 떨어지기도 했다. 간소한 짐을 위해 관리가 쉬운, 막 다루기 쉬운 옷들로만 골라온 상황에 신상품이나 SS/FW 등이 무슨 소용인가. 세일 매대를 뒤지는 게 낙이다.

정부에서 지원해 주는 취업은 잘 믿지 않았다. 삼성이나 하이닉스, 카카오를 정부 지원으로 들어갈 수 있을까. 아니라고 생각했다. 그렇다면 공채와 SSAT는 누가 보겠는가. 취업이 안 되면 저기 고용센터라도 가라는 부모님의 말씀에, "내가 인턴하고 취업했던 곳들이 정부 지원으로 간 곳이 아니잖아요."하고 말하려다가 참았다.

어머니가 지인 추천으로 정부 지원을 활용해 자격증을 따셨다. 취득했지만 돈도 적게 받고, 일도 힘들다길래 일은 하지 않으실 거란다. 한 달 전에 부모님이 했던 그 말을 그대로 돌려드리고 싶었다. 좋은 일자리와, 좋은 실력은 스스로 만드는 거지 정부에서 만들어주지 않는다. 그래서 내가 늘 생존이라는 단어를 사용한다. 그러다 요즘 이것저것 찾아보다 코딩프로그램을 찾게 됐다. 생각보다 인터넷에도 후기가 있길래 효과가 있나 싶었는데, 국비 지원도 된다. 바로 내일배

움카드를 신청했다. 생각이 하나 깨졌다.

○

남이 보는 나는 대개 인스타그램에 짠 취업하고, 짠 결혼하고, 짠 아이를 가지는 그런 끊긴 프레임의 연속이다. 물론 남 신경 안 쓰고 먹는 사진을 매일 같이 올려 몇천 개씩 쌓아두는 사람도 봤지만, 대개는 불평보다는 자랑을 하고 싶어 한다. 불행을 듣기도 싫어하고, 불행을 자랑하기도 싫어하는 게 인간이다.

글에 반응해 준 사람들의 이름을 어제 다시 봤다. 누가 보지 않는다면, 고시원에 사는 나는 이 사회에 없는 사람이 아닐까 싶어서다. 사물도 관찰되지 않으면 이 세상에 존재하지 않는다고 여겨진다. 글이 아니었다면 매일 몇백 명이 내 이야기를 보지는 못했을 거다. 아직 살아있다고 매일 같이 글을 쓰며 외친다. 그런데 그 내용이 그렇게 밝지는 않아 기분 좋은 글이 아니다. 어쩌면 독자에게 감정 쓰레기통이라는 역할을 맡기는 걸 수도 있다. 그래도 좋게 봤다고 하는 사람들이 많아서 다행이다. 진심으로 감사하고 있다.

그래서 구인 · 구직을 한다고 하면서도 몇백 개의 글들을 거의 그대로 두고 있다. 여기에는 이상한 글들도 많지만, 이게 내 5년간의 생각이다. 이만큼 소중한 추억이 어디 있을까. 회사에서 지우라고 하면 숨김 처리는 해야겠다. 그래도 지우지는 못할 거 같다.

버킷리스트를 적어야겠다. 군대에서 적었던 내용 중 거의 70~80%는 달성했었다. 악기, 댄스, 여행, 패션, 장학금 등. 글로 꾹꾹 눌러서 썼던 것 중 문득 생각이 나서 실천했던 게 꽤 된다. 무엇보다 목표가 있어야 사람은 도전한다. 근육 늘리기라고 적는 것보다, 10kg 더 들기라고 적는 게 현실적이고 효과적이다. 그리고 목표를 세우면 역설계도 가능하다. 오늘은 10kg, 다음 주는 12.5kg, 다음다음 주는 15kg 등, 목표를 위한 구체적 수치도 가늠이 된다. 이번 주 목표는 버킷리스트 작성이다.

출근 전 운동하는 모습

DATE.	TITLE.
고시원 10일 차	괜히 알바하는 게 아닙니다

8일 차에 아르바이트를 하고, 두 번 운동해서 그런지 생활 리듬이 꽤 안정됐다. 이제는 8시면 눈이 떠지고 새벽 1시면 졸려 죽을 거 같다. 식단도 안정됐다. 기한 임박 곤약 젤리가 있어 개당 150원 정도에 잔뜩 사두었다. 배고플 때 공짜라고 라면을 먹으면 오히려 더부룩하고 그다음 날을 망칠 수 있으니 차라리 이게 낫다. 견과류는 아직 고민 중이다. 적당히 배고프게 먹으니 집중력도 올라가고 체중 관리도 되고 있다.

슬리퍼가 사라졌다. 아침에 운동을 다녀왔는데 슬리퍼가 없어져 있었다. 신발장에 안 넣고, 바닥에 두었던가. 그래서 누가 가져갔나. 굳이 다른 비싼 신발을 두고 실내에서만 신는 슬리퍼를 가져간 게 이상하다. 내가 급하게 운동 가느라 슬리퍼를 안 치운 걸로 생각하기로 했다.

회사에 무작정 지원은 안 하고 있다. 까다롭게는 안 해도 한두 시간은 찾아보고 지원한다. 하지만 그 분야는 1차 산업부터 4차 산업, 직무는 영업부터 마케팅, 기획 등 수십 개를 넘나든다. 이 정도면 조류에 붙었다가 포유류에 붙었다 하는 박쥐가 아닐까. 언제는 농업이 좋아 보이고, 언제는 반도체가 좋아 보이고, 언제는 소프트웨어가 좋아 보인다. 나름 접점을 만들고, 있는 스펙 없는 경험 다 끌어다 쓰지만 오늘도 고배를 마신다.

앱으로 아르바이트를 구하고 있다. 하나는 했고, 두 개가 남았다. 아니 남았었지. 원래 오늘 푸드트럭 아르바이트를 하려고 했는데, 상대측에서 날짜를 잘못 기재했다며 일방적으로 취소해 버렸다. 시간이 떠서 이것저것 찾아보고 생각하는 계기는 됐지만 어이가 없었다. 이런 건 신고 못 하나? 시간을 저당 잡히는 삶은 역시 괴롭다.

○

답을 찾고 있다. 왜 일론 머스크와 빌 게이츠는 죽을 때까지 일할까. 왜 일본의 초밥 장인은 90세까지 밥을 만질까.

왜 누구는 빨리 은퇴하고 싶어 안달복달이고, 왜 누구는 은퇴 후 일이 없어 무기력하게 살까. 죽을 때까지 할 그 무엇을 찾아야 한다. 그게 사명감이든, 트라우마를 극복하기 위해서든, 재밌어서든, 그런 무엇이 있어야 인생은 보람차다. 살아갈 이유를 느낀다. 도전과 성장 없이, 보람과 재미없이, 기쁨과 노여움 없이 편하기만 한 인생은 죽은 인생이다. 편하게 많이 벌라는 말이 젊은이들 사이에서 덕담처럼 퍼진다. 편하게 많이 번 뒤에는 무엇을 생각하는가. 그게 없다면 이룬 뒤에도 행복하지 않을 거다. 대학 가면 다 된다는 부모의 말에 속은 것처럼. 나에게 그 무엇이 무엇일까 궁금해서 다양한 아르바이트를 하려고 한다. 일단은 단기이긴 하다.

저번에 말했던 대로 버킷리스트를 작성했다. 꽤 많다. 물건도 있고 경험도 있다. 지금 당장 노력하면 할 수 있는 것도 있고, 돈이 많아야 할 수 있는 것도 있다. 괜히 들떴다.

마케팅 커뮤니티를 찾아 좀 둘러봤다. 어떻게 커리어를 시작하는지 궁금해서였는데, 어딜 가나 교육은 실무를 이길 수 없다는 비슷한 말뿐이었다. 그래서 나도 실무를 늘리기 위해 이렇게 온라인에 글이라도 쓰고 있다. 뭐든지 될 수 있고 할 수 있다고 말한 내가 조금 부끄러워진다. 철마는 달리고 싶은데, 달리지 못하고 있다. 지금까지 지원했던 스타트업들이 투자받았다는 소식을 보면 조금 뿌듯하다. 그래도 조사를 잘 했나 싶다. 많이 넣는 지원자들보다는 자세히 보느라 더 적게 지원하는 거 같은데, 어떻게 해야 할지 모르겠다. 이보다 더 지원 횟수를 늘리면 내가 좋아하지도 않는, 내가 확신을 못 가지는 회사에서 일할 수 있다. 다들 그냥 그렇게 사는 걸까?

○

혹자는 고작 고시원 살면서 매일 일기를 쓰냐고 말할 수 있다. 나보다 고생하는 분은 널렸다. 나도 안다. 서울을 조금만 지나가도 노숙자들을 볼 수 있다. 앞으로는 수십 층짜리 업무 빌딩이 보이고, 뒷골목에는 노숙자들이 보이는 광경은 이제 익숙하다. 이렇게 글을 쓰는 이유는, 잘 까먹기 때문도 있다. 왠지 모르게 기억력이 안 좋아서 친구들이랑 뭐 했는지, 일을 어떻게 했었는지 자주 까먹는다. 애인과 저번 주에 뭐 했고 뭐 먹었는지도 가물가물하다. 친구들이 "너 그때 그랬어."라고 할 때도 그게 무슨 일인지 모른다.

이게 무언가를 읽고 듣느라 너무 많이 때려 박아서 그런 건지, 아니면 뇌 문제인지, 정신 문제인 건지 모르겠다. 그래서 그냥 계속 기록한다. 일은 어떻게 했는지 다이어리든 메모장이든 다 기록하고, 누가 무슨 말을 했는지도 모임 후 기록한다. 맥북으로 바꾸면서 예전 아이폰에 있던 7~8년 전 메모를 보게 됐다. 예전에 읽었던 책 메모랑 예전 애인들이 무슨 말을 했고, 무슨 일이 있었는지 적어 놓은 걸 발견했다. 읽기 전에는 '걔한테 그런 일이 있었나?' 싶었고 지금도 그런 말을 했었나 기억도 안 난다. 아무튼, 계속 기록한다.

독립일지	고시원에 가기 전 알면 좋았을 것들	

고시원에 살았었습니다. 충동적으로 결정한 것치곤 괜찮은 곳이지만 원룸처럼 독립된 공간이 아니라 불편한 점이 많습니다. 살기 전, 살면서 떠올렸던 점들이 있으니 혹시 생각이 있으신 분은 참고하시길 바라면서 정리해 봅니다.

장점

제가 왜 고시원을 선택했는지 설명하는 부분입니다.

첫째, 일단 쌉니다. 보증금이 필요 없습니다. 물론 행복주택이나 전세대출처럼 조금 싸게 사는 방법이 있겠지만 당장 한 달, 일주일 내로 살 곳을 정해야 한다고 하면 원룸이나 고시원밖에 답이 없습니다.

둘째, 빠릅니다. 위와 비슷한데, 입금만 하면 당장 내일이라도 살 수 있습니다. 기간이 짧습니다. 부동산은 계약 기간이 어느 정도 있습니다. 고시원은 입금하고 짐만 옮기면 끝입니다. 그리고 나가고 싶을 때 나가면 됩니다. 잦은 이동이나, 잠시 몸을 눕힐 곳이 필요한 분이라면 괜찮은 선택지일 수 있습니다.

셋째, 위치입니다. 서울 도심에 자기의 주거지를 둘 수 있습니다. 물론 좋은 주거지는 아닙니다. 장점이라고 하긴 애매하지만, 화장실과 샤워실, 부엌 등을 관리해 줍니다. 적어도 모텔처럼 커플의 신음을 들을 일은 없습니다. 출장으로 몇 번 모텔에서 묵을 때 커플의 신음으로 곤란한 적이 있었는데 고시원은 적어도 그런 일은 없습니다. 소음이 없는 건 아닙니다.

단점

가격 빼고 모든 게 다 단점입니다. 누구나 올 수 있다는 건 누가 오는지 알 수 없다는 겁니다. 저번 글에서 거주자 구성을 적었습니다. 다시 생각해 보면 한국인이 30%는 될까 싶습니다. 저는 인류애가 있지만, 문화와 생각하는 방식이 다른 사람들과 사는 게 걱정이 안 되지는 않습니다.

짐을 많이 둘 수 없습니다. 창이 없을 수 있습니다. 화장실이 없을 수 있습니다. 샤워실이 없을 수 있습니다. 소음이 심할 수 있습니다. 음식을 빼앗길 수 있습니다. 벌레가 많을 수 있습니다. 분실할 수 있습니다. 빨래를 누가 훔쳐 갈 수 있습니다. 쓰레기가 가득 찬 주방을 볼 수 있습니다. 남자분이라면 생리대를 볼 수도 있습니다. 모든 건 그럴 수 있다는 가능성일 뿐입니다. 모든 게 해당 할 수도 있고요.

탐방

여기까지 읽으신 분들이라면 어느 정도 관심이 있으신 분 같습니다. 다음은 탐방 단계입니다.

검색창에 고시원을 검색하면 많은 고시원을 바로 볼 수 있습니다. 혹은 모바일 지도로 지역을 한정해서 보면 검색창에 뜨지 않는 곳도 보입니다. 직접 가서 보는 걸 추천합니다. 한 달 살지 일 년 살지는 몰라도 최소 한 달이라고 해도 어떤 곳인지는 알아야겠죠. 날 잡고 하루면 대여섯 곳, 많으면 열댓 곳까지 볼 수 있을 겁니다. 가기 전에 전화해서 한 번 방 보고 싶다고 하면 대부분은 친절히 안내해 줍니다.

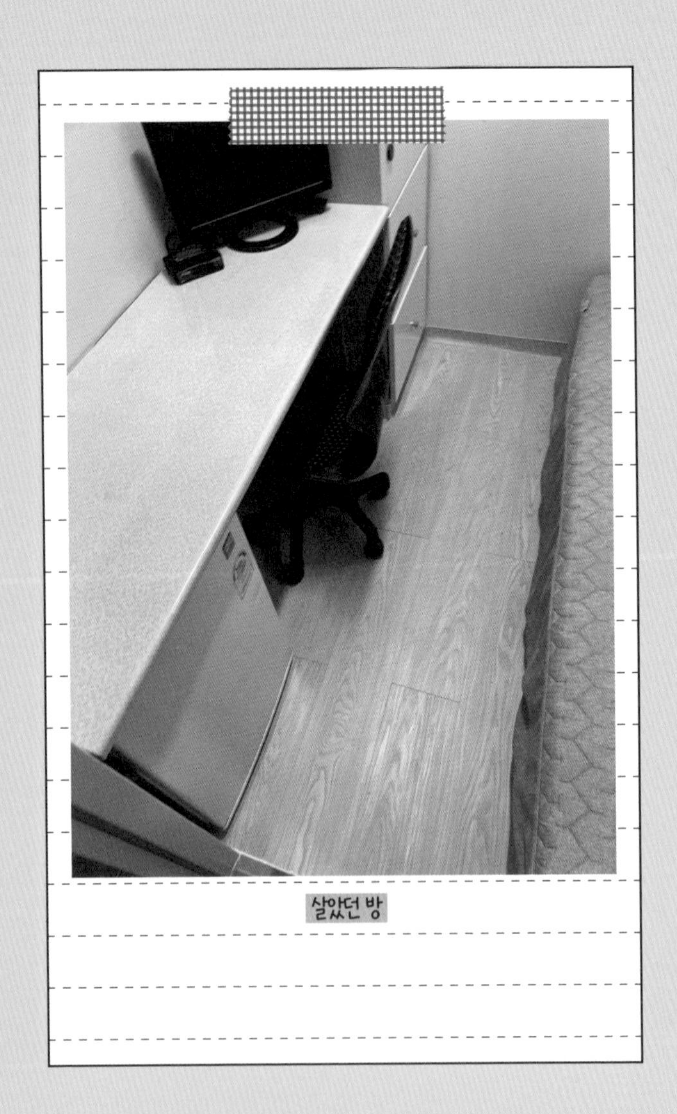

살았던 방

체크해야 할 건 많습니다. 방 사이즈, 방 침대, 방 책상, 의자 여부, 에어컨, 냉장고 여부, 주방, 벌레, 빨래 방법, 내창, 외창, 화장실과 샤워실 크기, 외부 소음, 내부 소음, 신발장 사이즈 등등. 가끔 책상만 있고 의자는 없는 곳도 있습니다. 개인 냉장고는 호불호가 갈립니다. 열과 소음 때문에 저는 공용 냉장고를 쓰는 걸 선호하는 편입니다.

요즘 고시원 중 하루 숙박 2만 원 정도인 곳이 꽤 있습니다. 시간이 있다면 하루 숙박으로 분위기를 파악하는 것도 괜찮을 거 같습니다. 벌레는 고시원이 종일 누군가 취사를 하고, 쓰레기를 제때 버리지 않는 곳이다 보니 안 생길 수가 없습니다. 또 주변에 음식점이나 분리수거함이 있는 경우도 많습니다.

디자인은 밝을수록 좋습니다. 신축이라고 해도 가격이 그렇게 비싸지 않으니 신축이나 리모델링한 곳을 추천해 드립니다. 고시원에 살면 밝게 살기 어려운데, 방이라도 밝아야죠. 외창, 햇빛이 없다면 삶의 질이 확 떨어지는 걸 느끼실 수 있습니다. 한강뷰가 생각보다 안 좋다는 연예인이 많은데, 고시원은 그냥 안 좋습니다. 작은 햇빛이 이렇게 감사하다는 걸 부모님과 함께 살았을 때는 왜 몰랐을까요. 내창은 외창이 있다면 없어도 됩니다. 외창은 신선한 공기지만 내창은 신선한 공기도 아닙니다. 내창은 외창을 못 내는 고시원장이

허락해 준 마지막 자비가 아닐까요.

화장실과 샤워실은 넓을 수가 없습니다. 화장실이야 잠깐 숙이면 그만이지만, 샤워실은 10분 내내 허리를 숙이고 씻어야 합니다. 또한 예전에 잠깐 있었을 때, 방 내부에 샤워실이 있으면 습기가 가득 차 잘 수가 없다는 걸 알았습니다. 저는 안에 샤워실 화장실 없는 방을 고르고 헬스장을 등록했습니다. 방값은 기본 25만 원인데, 외창, 내창, 화장실, 샤워실이 다 붙어있는 경우, 거의 50만 원입니다. 그게 정말 추가적인 25만 원만큼 편리하냐 하면, 편리하긴 편리합니다. 대신 월 3만 원 헬스장을 끊으면 하루에 두 번, 세 번 씻고도 방에서는 쾌적하게 잘 수 있습니다.

신발장이 작습니다. 나눠진 칸의 세로 폭은 굉장히 좁아서 부츠나 에어맥스 같은 큰 신발은 들고 오지 못합니다. 고시원장의 자비로 맨 밑 한 칸은 조금 큰 경우도 있지만 그래도 부츠 같은 건 어림없습니다.

식사

고시원 중에는 라면이나, 간단한 반찬 등을 제공하는 경우가 종종 있습니다. 장단점이 있습니다. 공짜는 장점이지만 단조로운 음식으로 인한 영양 불균형, 음식 냄새, 매일 비슷한 음식, 식사 시간에 발생하는 주방 경쟁 등은 단점입니다. 물론 정말 아끼려고 이렇게 고시원 음식만 먹을 수도 있지만 편하고 다양하게 먹기 위해 나가서 먹곤 합니다.

서울에 아직도 만 원 내로 식사할 곳은 많습니다. 직장 근처에 없어서 그렇죠. 정 안 되면 타사의 구내식당을 이용해도 됩니다. 고시원을 구할 때 근처 구내식당이 있는지도 조사하곤 했습니다. 이런 곳은 좋죠. 직장인 느낌도 낼 수 있고, 편의점 앞에서 담배 피우는 할아버지들의 훈연향 첨가를 받지 않을 수도 있죠. 한 번 먹어봤는데 5,000원에 닭 다리가 하나 들어간 닭곰탕을 먹을 수 있었습니다.

하지만 컴퓨터를 하다 보면 보통 식사 시간을 딱딱 맞추기 어렵습니다. 저는 대부분의 식사는 편의점 도시락으로 해결하고 있습니다. 2, 30분 걸어서 밥 먹으러 가기도 시간이 조금 아깝고요. 아무튼, 뭐든지 대기업이 하면 잘합니다. 그 외 추천으로는 기한 임박 식품, 마트 마감 세일 등입니다. 특히 식단을 생각하시는 분은 아몬드나 닭가슴살을 미리 쟁여두면 편합니다. 나트륨이나 지방, 탄수화물은 쉽게 섭취해도 건강한 지방이나 단백질은 섭취하기 어려우니까요. 포만감도 주는 음식입니다.

단백질은 밤에 몇 개 주워 먹어도 칼로리가 높지 않습니다. 디저트까지 먹고 싶으시면 시리얼 큰 거 하나 사서 배고플 때마다 몇 조각씩 드세요. 몇 조각씩만 먹으면 단맛과 바삭바삭함의 조화로 꽤 포만감을 줍니다.

의류

입고 빨기 편한 옷 그리고 단정한 느낌을 주는 옷 위주로 챙깁니다. 잘 안 입어 버릴 수 있는 옷을 챙깁니다. 고시원에 오래 살지 않는다면 짐을 늘릴 필요가 없으니 쉽게 버릴 수 있는 옷들로 챙깁니다. 요즘은 이지 케어라면서 브랜드에서 관리하기 편하고 단정한 옷도 잘 나옵니다. 또 느긋하게 빨래 돌리고 너는 경우보다는 건조기 돌리는 경우가 많습니다.

이동

자전거입니다. 버스로 15분 거리면 자전거 타고 30분이면 갑니다. 운동도 되고 바깥 구경도 할 수 있습니다. 고시원에 짧게 살면 한 달 이용권 정도가 좋고, 서울에 자주 온다면 연간권이 좋습니다. 한 달이면 5천 원, 1년이면 3만 원입니다.

취미

고시원에서 삶을 살게 됐다면, 안에서 할 수 있는 취미라고는 유튜브밖에 없습니다. 그 환기 안 되는 공간과 소음 속에서 할 수 있는 거라고는 컴퓨터가 유일합니다. 홈트레이닝도, 요리도, 악기도 다 불가능합니다.

이왕 이렇게 된 거 독서와 글쓰기라는 취미를 들이는 건 어떨까 합니다. 도서관은 어느 동네나 한두 개는 있고, 정 안 되면 리디북스나 밀리의 서재도 있습니다. 유튜브 도전도 괜찮습니다. 고시원에서의 삶을 소재로 하는 사람도 요즘엔 꽤 많습니다. 무료 전시도 있습니다. 인스타그램에는 구경거리를 소개해 주는 사람들도 많고요. 산책도 추천합니다. 저는 밤에 산책하면서 가끔 보이는 서울의 예쁜 가게나 재미있는 간판들을 찍는 걸 좋아합니다.

루틴

혼자 있는, 좁은 공간은 사람을 미치게 만듭니다. 일어나자마자 방을 나오시는 걸 추천합니다. 일어나자마자 아몬드와 비타민을 먹고는 바로 카페나 운동을 하러 갑니다. 텁텁한 방에 있어봤자 좋은 에너지는 나오지 않습니다. 그 이후에는 일상 루틴과 똑같습니다. 머리 많이 쓰는 일을 전반부에, 머리 적게 쓰는 일을 후반부에, 운동을 마지막에 둡니다. 운동을 가볍게, 처음에 두는 분도 있습니다.

생계도 적을까 하다가, 내 생계를 해결 못 해 민망해서 지웠습니다. 간단히 정리하면 요즘 플랫폼이 아르바이트를 많이 밀어줘서 괜찮습니다. 대학생, 졸업생이고 시간이 있다면 아이 돌봄 플랫폼도 추천합니다. 어떤 식으로든 경험이 되고 나중에 아이를 돌볼 걸 미리 경험할 수도 있으니까요.

능력이 있는 학생이라면 공모전 같은 걸 준비해도 괜찮습니다. 괜찮은 대외 활동하면 월 20만 원은 받고, 공모전 짬짬이 생각해 낸 걸 넣으면 몇십만 원짜리 우수상을 받을 수도 있으니까요. 이상입니다. 시리즈를 연재하면서 꽤 많은 분이 고시원에 살았었다고 댓글을 달아주셨습니다. 만나서 이야기를 나누다 고시원에 살았었다고 들려주는 사람도 있었습니다. 편안한 시간은 아니지만, 잊지 못할 경험이 될 거 같습니다.

1일 차 옥상

DATE.	TITLE.
고시원 11일 차	배가 고파 잠 못 드는 밤

일은 내 시간과 자유를 어느 정도 내주는 거라지만, 그래도 이건 심하다. 어제오늘은 되는 게 하나도 없었다. 자신들이 날짜를 헷갈렸으면서 오후 12시 아르바이트를 2시간 전에 취소했다. 사무보조 아르바이트는 내가 컴퓨터 중이라 잠깐 전화를 못 받았다고, 다른 사람이 하게 됐다며 취소됐다. 코로나가 심해졌다고 행사도 갑자기 취소됐다. 3개의 아르바이트가 하루 이틀 만에 다 취소됐다. 말이 하루 이틀이지, 나름 일정을 짜려고 며칠 전부터 연락했던 게 갑자기 다 초기화됐다. 특히 코로나 변명은 심하다. 일 년 전 십만 명씩 나오던 때라면 몰라도, 지금은 그 정도도 아닌데.

게다가 사무보조 아르바이트, 이 사람은 며칠 전부터 "3일인 거죠? 2주 할 수 있나요? 3일 하시나요? 코로나 때문에 취소됐어요. 괜찮다면 3일 할래요?" 밤 10시, 11시마다 연락을 한다. 아마 2주 할 사람을 구하다가 펑크 나서 여기저기 연락하고, 사람을 구하면 나를 코로나 핑계로 뺐다가, 다시 펑크 나서 또 연락하는 거 같다. 혹하다가도 또 일정 장난칠 거 같아 무시했다. 앱에서 중고 거래 약속 파투를 비매너로 신고할 수 있는 것처럼, 아르바이트에서도 신고 기능을 도입했으면 좋겠다.

한 스타트업에서 면접 메일을 받았다. 면접 일정을 회신했더니 내부 이슈로 인해 면접이 갑자기 연기됐단다. 9시에 받았는데 갑자기 10시에 급한 일이 터졌단다. 이해가 안 된다. 인턴부터라도 시작해서 바닥에서 일하려고 해도 쉽지 않다. 아르바이트도 다 취소돼서 그냥 오늘은 안 되는 날이라고 생각했다. 막말로 해당 기업이 하려는 분야에 대해 1일 1 포스팅하고, 주말에는 회사 브랜딩 차원에서 인턴 1일 차의 일기를 주제로 올리면 조회 수도 꽤 나올 텐데, 이 정도면 그냥 최소 비용으로라도 나를 데려가서 한 번 써보는 게 낫지 않나? 이래서 내가 회사를 못 가는 걸까?

○

배가 고파 잠 못 드는 경험을 오랜만에 했다. 바디 프로필을 준비할 때 빼면 처음인 거 같다. 어제는 아침을 곤약 젤리로, 저녁때까지는 커피로 허기를 달랬다. 저녁에는 고시원에서 작성할 서류가 있다고 해서 20시에 돌아갔다. 도착했는데 고시원장이 없어 전화했더니, 방에 있으면 노크하겠단다. 배가 고파 닭가슴살을 데워 먹고 20시 30분까지 기다렸다. 그래도 노크가 없어 졸다 일어나니 22시였다. 결국 노크는 없었다.

무언가 하기도 애매하고 밥 먹기도 애매한 시간이라 헬스장에 가 두 번째 운동을 했다. 돌아와 컴퓨터를 하는 중에 미친 듯이 배가 고팠다. 운동은 볼륨 꽉꽉 채워서 했는데, 먹은 건 대충 계산해도 600kcal가 안 됐다. 닭가슴살 2개, 셰이크 하나, 커피 하나, 곤약 젤리 4개. 성인 남성 1일 권장량이 2,500kcal다.

급하게 편의점에 가 도시락이라도 먹으려 했는데 남은 게 없었고, 근처 국밥집도 다 문을 닫은 상태였다. 고시원에서 라면을 끓이면 시끄럽기도 하지만 내일이 걱정됐다. 닭가슴살과 셰이크는 하루에 2번씩 먹다 보니 아무리 배고파도 먹고 싶지 않았다. 자려 해도 너무 정신이 또렷해서 새벽까지 잠을 못 잤다. 결국 인터넷을 켜 유통기한 임박 볶음밥이랑, 아몬드, 냉동 블루베리를 사고 새벽 네 시에 잠을 잘 수 있었다. 누가 좀 훔쳐먹어도 이게 낫겠지.

○

안 먹기를 잘했다. 새벽 늦게 자고 10시에 기상했다. 피곤은 했지만 먹지 않아 정신은 또렷했다. 바로 청년지원센터로 출발했다.

방에서 뭔가 하기 싫은 이유는 텁텁하기 때문이다. 컴퓨터를 오래 하다 보면 아무리 창을 열어도 내 열기와 내 숨, 노트북의 열기가 방에 가득 찬다. 그 방에서 자는 건 쉽지 않다. 차라리 두 번 운동하고 밤늦게 와 피곤한 채로 바로 자려고 한다.

방 안에 살면서 배출하는 것만으로 스스로가 불쾌해지는 걸 느끼면서, 신영복 선생의 말이 떠올랐다. "여름 징역은 옆 사람을 증오하게 만든다." 나는 증오할 사람도 없다. 스스로를 증오해야 하는가. 서글프다. 그래도 오늘도 늦게까지 글을 쓴다.

○

영화를 봤다. 아르바이트, 면접 취소 등으로 기분이 좋지 않았다. 아침부터 하는 취업 준비는 집중도 되질 않았다. 마침 세일할 때 쟁여 둔 영화 티켓 유효기간도 이번 달까지라 기분 전환을 하러 갔다. 영화는 재밌었다. 해외 영화는 자막이라고 생각했는데, 짱구는 옛날부터 더빙으로 봐서 그런지 더빙도 꽤 괜찮았다. 메시지도 좋았다. 일본에서는 짱구 극장판 중 역작이라 평가받는 〈어른 제국의 역습〉과 비교될 정도라고 한다. 보면서 몇 번을 울었는지 모른다.

애인도 잠깐 보러 갔다. 나는 고시원에 들어가고, 애인은 개강하면서 자취를 해 거리가 많이 가까워졌다. 그녀는 최근 취업 준비를 시작하면서 스트레스를 많이 받기 시작한 거 같다. 오늘 처음 정식으로 입사 지원을 했단다. 고생이었을 테니 디저트를 하나 사 갔다. 부모의 마음이 이런 게 아닐까 싶었다. 좋은 날이 아닌, 힘든 날 맛있는 걸 사가는 행위. 내가 힘들 때 상대방이 기뻐하는 걸 보면 마음이 편해지는 게 있다. 나는 그녀가 정말 순수하게 감정을 표현해서 좋아한다. 쉽게 미디어에 빠져들고, 쉽게 울고 웃고 화내며, 기름지고 몸에 안 좋은 음식들만 좋아한다. 보기 드문 평범한 여자다.

부모 이야기가 나와서인데, 요즘 아이 돌봄 앱을 보고 있다. 유아부터 초등학생 정도의 아이를 대학생 나잇대의 청년이 봐주는 서비스인데, 아르바이트 대신 이런 걸 할까 고민 중이다. 대학생 때 교육도 들었었고, 독서 봉사도 초등학생 대상으로 해본 적 있다. 하려면 당장 하겠지만 취업준비생이라 몇 주도 못 할 수 있다는 것과 나중에 아이를 낳으면 어떻게 교육할지 실험정신을 가지고 있다는 게 조금 걸린다.

최근 애인이 적성검사를 준비해서 같이 풀어봤다. 표정 맞추는 검사에서 “음, 입꼬리가 내려가고 눈이 처졌군. 슬픔이야.”, “눈을 부릅뜨고 입을 다물고 있군. 분노야.” 혼잣말하면서 풀길래 이상하게 생각했다고 한다. 애인은 슥슥 쉽게 푸는 걸 나만 그 파트에서 많이 틀렸다. 이렇게 고시원에 살면서 책만 읽고 글만 쓰다 정말 사회성이 떨어지는 건 아닐까?

DATE.	TITLE.
고시원 12일 차	타인은 지옥이 맞다

새벽 1시. 사람 목소리가 들렸다. 잠깐 통화하는 건가 싶었는데 목소리는 끊이지 않았고 새벽 4시까지 이어졌다. 그때까지 기억하는 건, 4시부터는 피곤해서 나도 잠들었기 때문이다. 20대 남자가 게임하는 소리였다. 게임은 롤 같았다. 보이스를 사용해서 게임했나 본데 새벽 1시에 사람들이 헛기침도 하면서 눈치를 줘도 계속 게임을 했다. 제정신이 아닌 사람일까. 사회성이 없는 사람일까. 맞은편 방이라 창문을 닫아도 계속 소리가 들려 잠을 제대로 못 잤다.

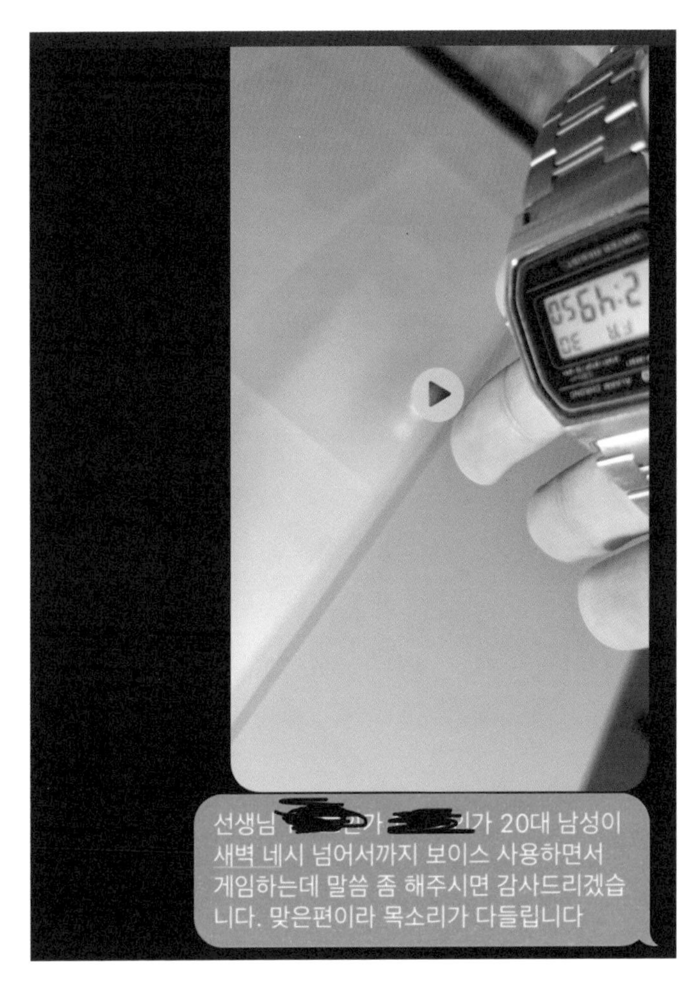
선생님 가 가 20대 남성이
새벽 네시 넘어서까지 보이스 사용하면서
게임하는데 말씀 좀 해주시면 감사드리겠습
니다. 맞은편이라 목소리가 다들립니다

12일 차 소음

나처럼 잠깐 독립해 살려고 온 건 아닌 거 같고, 근처에 직장이 있어 상경해 묵는 사람도 아닌 거 같다. 그랬다면 평일 새벽 1시부터 4시 넘어서까지 게임 할 리는 없다. 그리고 조금만 있어 보면 여기가 사람 목소리, 짐 정리하는 소리 다 들리는 곳이란 걸 알 수 있다. 굳이 저러는 게 정말 한 놈만 걸리면 다 찌른다는 생각으로 온 사람일지 어떻게 아는가. 사이비들보다 무서운 건, 알면서도 남 신경 안 쓰는 사람들이다. 체면, 눈치, 소속 없는 사람들은 뒷감당 같은 건 모른다.

〈이상한 변호사 우영우〉, 『불편한 편의점』이 유행했다. 장애인 우영우는 이상하게 얼굴도 예쁘고, 공부도 잘하고, 변호도 잘하고, 연애도 잘한다. 노숙자인 주인공은 이상하게 용감하고, 친절하고, 일도 잘한다. 비난받는 특정 직군이나, 특정 지역, 특정 무언가가 있다. 위 작품들은 그런 시각을 조금이라도 깨주지만, 너무 예쁘게만 포장됐다.

보통 사는 게 희와 비 비율이 5:5라면, 괜찮은 곳과 진짜 '이상하고 불편한' 곳은 3:7이다. 드라마는 이걸 7:3으로 만

든다. 공용 냉장고가, 젓가락이, 소음이, 빨래가, 화장실이, 샤워가, 사람들이 모든 게 하나둘 불편하다. 물론 내 냄비를 옮겨주는 착한 사람도 있다. 그래도 그것만으로 여기가 미화될 수는 없다.

○

아르바이트가 다 취소되어서 또 몇 개 넣어본 결과, 의류 검수 아르바이트를 하기로 했다. 버스에서 내려 지도를 보니 아는 브랜드 같았다. 유튜브에서 몇 번 본 브랜드였다. 이렇게도 일을 구하는구나. 이야기를 조금 해보니 나와 동갑인 젊은 대표들이었다. 꽤 많은 이야기를 나눴다. 옷에 대한 이야기도 하고, 시장, 동대문, 트렌드, 사업 등 많은 이야기를 들을 수 있었다.

지원자가 많았었다. 5명 중에 굳이 왜 나를 뽑았냐고 묻자, 진짜 이력서 같이 사진이랑 정직원 경험이랑, 아르바이트 경험 다 적은 사람은 처음이라고 했다. 다들 사진이나 경력 없이 열심히 하겠다는 말만 붙여 놓은 게 다란다. 이렇게 내놓은 사람이라면 뭘 해도 하겠다는 생각이 들었단다. 민망했다. 패션산업에 관한 이야기, 동대문, 브랜딩에 대한 이야기 등에 대해 나눴다.

○

'머슬 마인드 커넥션(Muscle Mind Connection)'이란 단어가 있다. 운동할 때 얼마나 동작과 근육에 집중하냐는 건데, 실제로 집중해서 자극을 느끼고, 속도를 조절하고, 자세 하나하나에 신경을 쓰면 평소보다 근육에 좋은 자극을 느낄 수 있다. 이번 아르바이트에서도 느낀 거지만, 이 의류 검수도 나름 팁이 있다. 등부터 목뒤. 오른 소매. 하단. 왼쪽 소매. 접어서 앞면. 카라 접고. 택 달고. 포장. 이런 순서인데, 택을 미리 달아 두면 속도를 많이 줄일 수 있다. 앞 단계를 미리 접어놓고, 택 달고 포장만 반복. 대충 봐도 옆 대표랑 비슷한 속도로 접을 수 있었다. 양 소매 접는 간격은 어깨 정도까지 접는다고 생각하면 된다.

12일 차 아르바이트

접으면서 머슬 마인드 커넥션을 하도 생각해서 이날은 운동할 때도 아무것도 듣지 않으면서 했다. 마침 헬스장에선 빠른 템포의 음악만 나와 굉장히 집중할 수 있었다. 하지만 이날, 새벽부터 밤새 게임하는 사람 때문에 스트레스받아 잠 못 자고, 의류 검수는 서서 하고, 운동은 2시간 넘게 해서인지 감기가 심하게 걸렸다. 종일 잤더니 좀 나아졌다.

DATE.	TITLE.
고시원 15일 차	1 국밥은 2 도시락

개천절을 낀 휴무가 있던 한 주였다. 감기에 걸려 주말 이틀을 거의 회복하는 데 사용해 아쉬운 날들이었다. 백수에겐 휴무가 그렇게 달가운 날이 아니기도 하다. 스트레스를 많이 받기도 했지만, 생각해 보니 2주 넘게 고시원에 있으면서 편하게, 개운하게 잔 날이 없다. 애매하게 딱딱하고 좁은 매트리스와, 끝없는 소음. 텁텁한 공기. 내 숨과 노트북 열기로 가득한 방. 다시 한번 잘살아 봐야겠다.

이날은 컨디션이 안 좋아서인지 늦게 일어났다. 비가 일요일부터 계속 내린다. 휴무일은 애매한 날이다. 헬스장이 닫아서 씻기 애매하고, 청년지원센터도 닫고, 웬만한 식당도 닫는다. 본가에 잠깐 가려다가도 계속 의존해선 안 될 거 같아 일요일 늦은 밤 돌아왔다. 그래도 확실히 넓고 푹신한 곳에서 자니 감기 기운이 많이 회복됐다. 서울에 살고 있어도 서울 구경을 잘 안 하게 된다. 경기도에 살 때는 매주 1~2번은 서울로 가서 잔뜩 돌아다니고 왔는데, 지금은 이게 생활 반경이 되어선지 노트북과 운동만 반복한다. 이날 예약한 팝업 전시도 씻지 않고 가기에 민망해서 취소했다.

생각에 잠겨 이대로 좀 더 자려다 하루가 아까워 일어났다. 카페에 가서 책이라도 보고, 사람들이라도 관찰하고, 노트북이라도 해야겠다. 찾아보니 제일 가까운 카페가 19시까지밖에 안 한다. 국가에서 하는 청년지원센터도 21시까지인데 너무 짧다. 다행히 근처 빌딩 1층의 카페는 22시까지였다. 바로 짐을 챙겨 나갔다. 그런데 실수였다. 서울에서 조용히 노트북 오래 할 카페를 찾으려고 하다니. 동네 가게가 아닌 이상 역 근처에서 조용히 오래 있을 카페를 찾는 건 불가능에 가까웠다. 일단 휴일이라 데이트하러 오는 커플들이 반이다. 가끔 들르는 가족 손님. 또 가끔 들르는 아저씨 모임, 아줌마 모임. 놀러 나온 어린 학생들까지 오면 조용할 틈이 없다.

출퇴근할 때 들으려고 노이즈 캔슬링 이어폰을 샀는데, 이걸로는 역부족인 거 같아 노이즈 캔슬링 헤드셋도 샀다. 휴대가 번거로워 늘 이어폰만 들고 다녔지만 앞으로 카페를 갈 때는 헤드셋을 챙겨야겠다.

점심은 샌드위치를 먹었다. 국밥은 점심시간이라 줄이 길었다. 애매한 시간에 가면 줄이 없던데, 그때까지 기다리기 귀찮아 바로 먹었다. 샌드위치 큰 거는 가격이 1.2 국밥이다. 쉽지 않다.

밤에는 밀린 뉴스레터, 아티클을 읽고, 웹툰도 봤다. 글도 하나 작성했다. 이날은 쉽지 않았다. 밖에 나오면 무조건 헤드셋이다. 평일 청년지원센터에 있었던 만큼의 집중력을 발휘했냐면, 아니었다.

저녁은 국밥을 먹으러 갔다. 점심에는 대기 줄이 길었기에 저녁에 오면 한가할 줄 알았다. 마감했단다. 대신 편의점 도시락 두 개를 먹었다. 이렇게 먹어도 국밥 한 그릇 값이다. 나트륨이 걱정돼도 1 국밥 가격에 2 메뉴를 먹은 거 같은 기분이다. 제육볶음 단일에, 불고기+제육 이렇게 두 개 골랐다. 밖 테이블 아저씨가 담배를 피워 매캐했다. 훈연이라 생각하니 운치 있고 괜찮다.

15일 차 도시락

○

씻지도 않고 비도 많이 와서 찝찝한 날이었다. 찝찝하니 씻는 게 맞겠지만 샤워실은 들어가면 머리를 숙여야 한다. 그래서 양치할 때 빼고는 잘 안 들어가게 된다. 드라이기도 챙겨 오지 않았다. 짐이 느는 게 귀찮다. 대충 수건으로 몸만 닦았다.

쉬는 날이라 그런지 화장실 휴지통도, 주방 쓰레기통도 비어 있지 않다. 보통 아침에 아주머니들이 오셔서 비우는 거 같던데 오늘은 쉬나 보다. 주방 쓰레기통은 넘치다 못해 그냥 바닥이 쓰레기로 덮이고 말았다. 라면 봉지, 일회용품, 재료들이 널브러져 있다. 화장실 똥 휴지야 그러려니 하는데 카페 아르바이트를 하면서 지겹게 본 생리대는 또 봐도 반갑지는 않다.

새벽이다. 낮에 노트북을 오래 해 집중이 안 돼서 게임이나 가벼운 영상 위주로 봤다. 소음은 계속 들리고, 방에는 숨이 찬다. 그래도 오래 깨어 있다 보면 결국은 피곤해 자게 된다. 결국은 결국은 피곤에 곯아떨어지는 날들이 언제까지 이어질까. 직장을 구하면 원룸이든 오피스텔이든 가야겠다. 이어폰으로 귀를 막고 자다 보니 아무리 해도 편안한 잠은 못 잔다. 착용감도 안 좋고, 귀로 계속 무언가를 듣는 게 좋을 거 같지도 않다. 계속 이러다 이어폰이 망가질까 걱정되기도 한다. 다행히 외창이 없어서 밖이 가을 날씨라도 잘 때는 나시와 반바지다. 그렇지만 여전히 잘 때는 습하고 숨이 차 땀이 난다.

DATE.	TITLE.
고시원 16일 차	토익 900점인데 박스 접는 알바를 합니다

잠을 설쳤다. 하루 자체는 알차게 보냈다. 엄청나게 큰 거미를 벽에서 발견했다. 놀랐다. 소리는 안 나왔다. 눈만 크게 떠졌다. 아기도 울 때 부모가 있어야 운다고 하지 않나. 그냥 올 게 왔다 싶었다. 물티슈로 집어 버렸다. 바퀴벌레 같은 거만 안 나오면 좋겠다. 그렇지만 벽 곳곳에 벌레를 찍어 누른 듯한 흔적은 안 좋은 상상을 하게 한다.

헬스장으로 갔다. 전날 씻지 않았기에 일단 씻고, 운동을 하고 또 씻었다. 출근 시간을 피하려고 한 건 아닌데, 사람이 많지는 않았다. 청년지원센터로 왔다. 확실히 아침에 운동하고 오면 피곤하긴 하다. 그래도 운동하고 왔다는 뿌듯함, 밤에 또 할 수 있다는 기대감, 운동하고 온 후의 은근한 또렷함이 살아있어 나쁘지 않다. 커피를 사 먹는데 쓰레기통에 커피믹스가 보인다. 회사 다닐 때는 믹스커피로 커피값을 많이 아낀 거 같은데. 문득 생각보다 회사에 다니면서 아낄 수 있는 비용도 많지 않을까 싶었다.

저번에 아르바이트했던 의류 브랜드에서 주문이 폭주해 도움이 필요하다고 연락이 왔다. 점심 식대에 만 원 더 얹어 준대서, 하던 인터넷을 마저 하고 13시쯤 도착하겠다고 말씀드렸다.

저번에 했던 학원에서도 연락이 왔다. 며칠 더 하라는 내용이었다. 일 자체가 너무 단순노동이고, 학원에서의 아르바이트는 이미 많이 했었기에 거절했다. 의류도 단순노동이긴 해도 엿듣고 보는 과정에서 배우는 게 있어 이쪽을 선택했다.

무엇보다 학원은 과장인지 차장인지 하는 사람의 말투가 영 별로였다. 우리더러 다 같이 아르바이트하는 사이니 친구하라고 하며, 아무에게나 야야 거리는 말투를 써서, 듣고 있기만 해도 피곤했다. 아르바이트하는 처지니 어쩔 수 없어도 딱 봐도 20대 후반이나 30대인 사람에게 반말하는 걸 보니 어떤 사람인지 알 거 같다. 나중에 자기 자식이 누구한테 맞고 와도 친구끼리 사이좋게 지내라고 말할 인간이다. 그 당시, 같이 당일로 끝났던 손석구를 닮은 어떤 사람은 앞자리가 8이었다.

○

사무실 사람들끼리 점심을 먹으러 같이 나갔다. 근처 김밥천국 같은 곳에서 고등어구이를 먹었다. 맨날 제육볶음, 순댓국을 먹다 보니 생선을 먹고 싶었다. 가격도 괜찮았다. 작은 사업체에서의 장점은 자유로운 복장이 아닐까. 청년지원센터에서 반바지와 샌들을 신은 복장 그대로 갔다. 휴일에 주문이 폭주했다고 하여 택배 포장을 했고, 택배 박스를 만드는 일을 했다.

포장과 택배도 집중해서 하다 보니 사소한 팁들이 생겨 정리한다. 포장 순서는 이렇다. 비닐에 넣어진 옷을 더스트백에 넣는다. 이후 택배 박스에 넣고, 접고, 브랜드 스티커를 붙이고, 택배 비닐에 넣어, 송장을 붙인다. 더스트백에 넣을 때부터 시작하자. 더스트백에 넣을 때는 비닐에 넣을 때보다 공간이 여유가 있어 쉽게 들어간다. 손으로 꾹 밀어 넣어도 되지만, 입구에 살짝만 넣고 양손으로 더스트백을 들어 털듯이 하여 안으로 넣으면 더 편하고 빠르다. 직접 넣으면 일정하게 위치시키기 위해 여러 번 만져야 하고, 한 손으로 하다 보면 자세도 불균형해 쉽게 피로해진다.

여기서 더스트백의 접는 부분, 편지봉투에서의 윗부분 같은 곳을 그대로 접으면 별로 안 예쁘다. 각져 있는 소재가 아니라 잘 접히지 않기에, 막상 받는 사람 입장에서는 윗부분이 열려 있는 것처럼 보일 수 있다. 더스트백의 윗부분은 안쪽으로 넣어서 접어주면 깔끔하다. 박스에 넣는 건 쉽다. 다음은 브랜드 스티커다. 박스 고정 겸 감성을 위해 사용하는 듯하다. 접착 면을 한 번에 떼 버리는 게 편하다. 한 면씩 잡고 떼려면 나머지 한 면이 자꾸 손에 붙어 오히려 시간이 더 걸린다. 택배를 비닐에 넣는 건 더스트백 포장과 비슷하다. 입구까지만 넣고, 양손으로 잡고 털어 안으로 밀어 넣자. 안에 공기가 너무 많으면 중간에 비닐이 터질 수도 있기에 테이프로 닫기 전, 한번 넓게 눌러 공기를 빼주자. 마지막에 송장을 붙이면 끝.

박스 포장은 팁이랄 게 없을 만큼 단순해서 패스. 박스를 만지다 보면 손이 건조해지니 자주 손 씻고, 베이지 않도록 주의하기. 나는 많이 베였다. 다음번에는 장갑이나, 밴드를 하고 해야겠다.

일이 끝났다. 중간중간에 쉬기도 하고, 업계 이야기도 듣고 해서 괜찮았다. "주문이 폭주했다면 이유를 알아내야 한다. 그래야 미리 공장에 연락하고, 수량을 맞출 수 있다. 분석하려면 잘 되든 안 되든 이유를 알아야 한다. 동대문 갈 때는 오토바이가 편리하다. 좁은 곳 사이사이 이동하기도 편리하고, 짐도 간단하게 싣고 다닐 수 있다. 그래야 중간에 힘들다고 포기 안 하고 마지막 원단 가게까지 볼 수 있다." 확실히 잘 되는 사람은 대충 하지 않고, 마지막 하나라도 집중해서 한다. 가기 전 같이 담배를 피우다가 상품성 떨어지는 옷은 준다고 하여 받아왔다.

○

밤엔 청년지원센터로 돌아와 면접 준비 및 짧게 시간을 보냈다. 늦은 저녁으로 편의점 도시락을 먹었다. 도시락 3일 차인데 아직은 버틸 만하다. 가격도 괜찮고, 구성도 나쁘지 않다. 대부분 제육이나 간장 불고기, 떡갈비긴 하다. 오히려 좋다. 회사 다닐 때도 구내식당의 제육볶음이랑, 간장 불고기를 제일 좋아했다.

두 번째 운동을 했다. 늦은 시간인데 그룹 PT가 있었다. 여기 그룹 PT는 따로 공간이 없이 케이블 앞에서 한다. 한 시간 내내 아령 운동이랑, 맨몸 운동만 하며 공간을 차지하고 있어 케이블을 사용 못 했다. 열 시가 넘어서야 겨우 케이블을 잡을 수 있었다.

요즘은 글을 꽤 보고 있다. 유튜브, 인스타그램에는 광고와 자극적인 게 너무 많아 차분히 시간을 보낼 수가 없다. 투자, 에세이, 패션, UXUI 등 재밌는 게 많아 밤에 즐겁게 보내고 있다.

모기가 왜 이렇게 많은지 모르겠다. 닥치는 대로 잡은 벌인가. 쉽지 않다. 잡아도 또 있다. 아침 7시가 되어서야 겨우 두 마리를 잡고 잠들었다.

당시 침대

DATE.	TITLE.
고시원 17일 차	지갑이 없어졌어요

모기 때문에 잠을 못 자 늦게 기상했다. 바로 청년지원센터로 갔다. 잠을 설친 날은 컨디션이 안 좋아 집중하기 어렵다. 집중이 안 돼 이날은 전자책으로 책을 많이 읽었다. 한 SF 작가의 에세이부터, 『털 없는 원숭이』, 엄마에 대한 에세이까지, 한 4권은 읽었다.

다음 날 면접이 있어 면접도 간단하게 준비했다. 늦은 시간에 저녁 겸 점심을 먹었다. 기분 전환이 필요해서 편의점 소라과자를 먹었다. 요즘은 조그만 과자 한 봉지에도 1,500원이나 한다. 예전 편의점 과자는 1,000원이었던 거 같다.

밤 아홉 시에 청년지원센터가 문을 닫을 시간이라 나왔다. 그런데 지갑이 없었다. 아까 과자 먹을 때, 건물 뒤편의 공원에 앉아서 느긋하게 쉬었는데 그때 잃어버렸나 보다. 편의점에서 도시락 먹고, 과자 사 먹을 때까지는 지갑을 봤기 때문이다. 근처 빌딩 경비원분에게 지갑 분실물이 있는지 여쭤봤으나 없다는 대답만 돌아왔다. 안에 현금이랑, 교통카드, 신분증, 다 있는데 아찔했다. 당장 내일 면접은 어떻게 하지. 고시원 옥상에서 담배를 한 3개 연달아 피웠다. 욕이 절로 나온다는 게 무언지 알 거 같았다. 막막함에 아무것도 하기 싫어졌다.

애인에게 주말에 보기 어려울 수도 있겠다고 말하고, 괜찮으면 내일 남는 카드 좀 빌려 달라고 했다. 생각해 보면 답은 있었다. 밥이야 핸드폰으로 결제가 되는 곳에서 해결하면 된다. 웬만한 프랜차이즈는 핸드폰으로 페이가 될 거다. 교통은 자전거면 충분하다. 1시간 걷는 거리도 자전거 타면 20분이면 된다. 그 이상의 거리는 차라리 학교로 가서 애인이나 친구에게 교통카드나 현금을 빌리면 된다. 씻는 건 헬스장이 있다.

생각을 마치고 헬스장에 갔다. 긴장하고 스트레스를 받아서인지 평소만큼 할 수는 없었다. 그래도 해야 했다. 남자는 이런 일에 굴해서는 안 된다. 게다가 결제 내역이 발생하면 문자로 온다. 그게 없는 걸로 봐서는 누가 아예 버리거나, 아니면 잘 보관해 둔 걸로 예상할 수 있었다.

스트레스가 많아서인지 잠이 안 왔다. 잠들 무렵 면접이 떠올라서 조금 생각하면서 잤다.

DATE.	TITLE.
고시원 18일 차	면접 보려고 자전거 탑니다

17일 면접 보러 가며 탔던 자전거

자전거를 타고 면접 장소로 갔다. 걸어서는 40분 거리인데, 자전거를 타니 20분 정도 걸렸다. 지하철에서 내리면 5분인 걸 고시원에서 자전거를 타고 가는 내 모습이 참 우스웠다. 그래도 이것도 추억일 거다. 면접은 나쁘지 않았다. 괜찮게 본 면접이 떨어지거나, 안 좋게 봤다고 생각한 면접이 붙은 경우도 많아 과민 반응하지 않는 게 좋겠다. 그냥 적당히 본 거 같다.

다시 자전거를 타고 청년지원센터로 돌아갔다. 어제 혹시 몰라 프런트에 이름을 말하고 연락처를 남겼더니, 지갑을 찾았다며 연락이 왔다. 안에 내용물도 그대로였다. 아직 세상은 살 만하다. 걱정했던 시간이 거짓말 같았다. 더 거짓말 같은 건 이틀 전에 옷 받았다고 신나 했던 내 모습이다. 그때는 신났고 어제는 또 지옥 같았다. 하루하루가 이벤트다. 운동하고 공부만 하는 일상이 무료할 거라 생각했지만 기록으로 남기니 또 새롭다.

게다가 이 지갑은 친구가 2년 전에 선물로 준 거라서 나름의 의미도 있었다. 지갑을 찾았다고, 네 생각이 났다고 친구에게 연락했다. 이날은 좋은 날이니 거하게 샌드위치라도 사 먹을까 하다가 편의점 도시락을 먹었다. 메뉴는 늘 비슷하다. 면접에 가느라 노트북을 챙기지는 않아서 이날은 청년지원센터의 책과 전자책을 읽었다.

○

『시골 의사 박경철의 자기 혁명』. 이 책은 레전드다. 예전에 읽어봤던 거 같은데, 다시 읽으니 또 새롭다. 10년 전 책이지만 지혜는 세월이 지나도 여전히 통한다. 노트북으로 글이라도 쓰고 싶은데 가져오기가 귀찮았다. 아마 가져와도 피곤해서 제대로 쓰지 못할 거다. 오랜만에 성수 구경이라도 해야겠다 싶어 출발했다. 오랜만에 서울 구경이다.

금방 갔다 청년지원센터로 돌아왔다. 나름 즐거웠던 서울 구경도 생활의 영역이 되니 즐겁지가 않다. 청년지원센터가 닫을 때가 되자 피곤하다. 고시원에서 잠깐 누워있다가, 그래도 두 번째 운동을 해야 할 거 같아 알람을 맞추고 누웠다.

눈만 잠깐 붙였다. 씻는 시간을 생각해 40분만 운동했다. 이 시간에 오면 나 혼자 있거나, 한두 명 더 있는 정도라 편하게 운동할 수 있어 좋다. 기구도 시간에 구애 안 받고 사용할 수 있다. 전신을 한 세트로 묶어 몇 세트나 할 수 있었다. 사람이 많은 헬스장에선 못 한다.

운동을 하고 느낀 건데 야밤의 운동은 수면에는 좋지 않다. 아드레날린이 너무 나와서 수면을 방해하기 때문이다. 그래도 2주 만에 체지방이 1% 감소한 걸 보면 또 안 할 수도 없다. 아무튼, 이날도 새벽까지 깨어 있었다. 글을 쓰고, 무해한 게임 방송을 봤다. 이날도 모기가 많았다. 다행히 방에는 한 마리밖에 없었지만, 중간중간에 다니면서 다섯 마리나 잡았다. 이제는 긴 팔에 긴 바지 입고 잘 날씨인데 이상하다.

DATE.	TITLE.
고시원 19일 차	다시 사회인이 되다

느긋하게 기상. 요즘은 든든히 먹고 있다. 편의점 도시락도 적응됐고, 아몬드, 단백질 바, 곤약 젤리, 냉동 볶음밥 등 부족함 없이 먹고 있다. 맛은 그저 그래도 풍족하다. 먹고 설거지하는 과정이 귀찮긴 하다. 고시원 주방에서 서서 먹는 것도 이제는 익숙하다. 청년지원센터에 갔다. 스쾃(Squat)을 열심히 해서인지, 잠자리가 안 좋아서인지 요즘 허리가 아파 오전 운동은 쉬었다.

전자책을 뒤적거리고 노트북을 조금 했다. 이제야 적는 거지만 어제 면접을 괜찮게 본 거 같았고, 긴장이 조금 풀려서인지 이날은 설렁설렁 보냈다. 대학로에서 유튜브 영상 촬영 아르바이트를 했다. 공연하시는 분을 따라다니면서 촬영하는 아르바이트였다. 요즘은 없는 아르바이트가 없다. 사람들에게 웃음을 주는 일이라 하면서도 힘든 줄 몰랐다. 아이들도, 노인들도, 커플들도 우리 덕분에 조금 더 행복해졌을 거다. 어차피 촬영자인 나는 안 보일 테니 나중에 편집본이 올라오면 링크도 걸어야겠다. 캠코더 잡는 법부터 공연업계 이야기도 조금 들어서 신기했다. 이미 유튜브나 책 등 다른 세계를 접할 경로가 많지만, 조금 더 깊게 아는 방법은 관련 업계에 가거나 모임 같은 곳에 가서 듣는 거 같다. 기록되지 않을 때 날 것으로 나오는 사람의 솔직함이 있다.

합격 문자를 받았다. 다시 회사원 삶의 시작이다. 야밤에 "오늘 가능?", "내일 가능?" 같은 문자를 받는 일당 근로자의 삶이 끝나 다행이다.

아르바이트가 끝났다. 조금 더 친해졌으면 좋았을 텐데 돈을 받자마자 헤어졌다. 캠코더를 오래 들고 따라다니는 건 꽤 손목이 아팠다. 할 때는 마치 공연의 일부가 된 거 같아 신나서 몰랐었다.

○

저녁을 먹고 카페에서 노트북을 켜 전날의 기록을 적고 있다. 지금 버스나 지하철을 타면 지옥이다. 고시원까지 20분 험난한 퇴근길을 헤쳐가도 딱히 할 게 없다. 그냥 여기서 시간을 보내자. 돌아가서는 운동하고 하루를 마무리하면 딱 맞다. 버스를 타고 돌아가 운동을 했다. 사실 운동보다는 샤워하러 간 거에 더 가깝다. 밤에는 추운데 낮에는 더워서 땀을 많이 흘렸다. 운동 후 단백질 바, 닭가슴살, 곤약 젤리, 보충제 등을 먹어 배가 불러 늦게 잤다.

부족하게 먹는 편이 낫다고 생각하다가, 한 번 부족하게 생활해 보니 아찔해서 차라리 구비해두는 편을 선택했다. 다음 주부터 회사원의 삶이다. 당분간은 고시원에서 생존하겠지만, 2,800원짜리 커피를 아끼기 위해 기프티콘을 사고, 점심 걱정을 하는 일은 없을 거 같다. 하루 루틴이 깨질까 전전긍긍하던 날도 없겠다. 가끔 1일 차부터 다시 본다. 그러면 정말 신기하다. 하루하루의 감정이 이렇게나 자주 바뀌었나 싶다. 그 안 좋은 감정들이 이제 거의 사라졌다. 먹을 걸 걱정하던 날들도 사라졌다. 시간을 저당 잡히는 일당 근로자의 삶도 끝났다. 면접 일정을 잡아놓고 취소당하는 준비생으로

서의 삶도 일단 끝났다.

그렇지만 일하는 삶이 진짜 한 인간으로서의 시작이기에 무작정 기쁘지도 않다. 막상 일을 시작하니 잘 안 맞는 곳일 수도 있지 않은가. 애인은 내가 걱정과 비관이 많다고 한다. 하지만 너무 기뻐하는 삶보다는 적당한 비관의 삶이 나은 거 같다. 아무튼.

독립일지	숨만 쉬어도 나가는 100만 원, 그 자유	

고시원에 35일 정도 살고 있다. 친구가 나가서 살면 좋냐기에, 좋다고 했다. 물론 안 좋은 점도 있다. 돈 한번 시원하게 쓰기 어렵다. 친구들을 만나도 돈 없다는 소리를 달고 살게 된다.

사람들이 우스갯소리로 숨만 쉬어도 100만 원씩 나간다고 하는데, 왜 그런지 알겠다. 이번엔 고시원에 살면서도 월 100만 원이나 쓰게 되는 이야기를 해보겠다.

	내용	금액
식비 1	회사 점심 8,000원, 20일	160,000
식비 2	아침, 저녁 기타 잡다한 간식	150,000
월세	고시원 1.5평	250,000
헬스장	1년 400,000	33,000
교통통신	교통비 100,000 + 통신 30,000	130,000
데이트	외로움 해소 장치	180,000
기타	부족한 비품 및 생활용품	50,000
계		953,000

조금 과장이 섞이긴 했지만, 남들처럼 아주 약간의 사치만 부려도 100만 원이 든다. 200만 원을 벌어 고시원에 사는 데도 100만 원이니, 원룸이라도

가려고 하면 아찔하다. 괜찮다. 자유를 얻었다.

나는 가족을 아끼고, 부모님도 나를 사랑하겠지만 우리는 다른 걸 바란다. 나도 스트레스를 받았지만, 부모님도 마음고생하셨을 거다. 그래서 스스로 살아보기로 했다. 스스로 생각하고 행동하는 걸 좋아하기에 다행히 나오자마자 바로 헬스장을 구했고, 글을 쓰기 시작했고, 3주 만에 취업했다.

모기가 4마리나 나와 1시간마다 깨는 어제 같은 날이 많다. 공용 그릇은 사용하려는 날의 절반은 더럽고, 화장실 휴지는 없을 때가 많다. 두꺼운 이불을 사려면 또 돈을 써야 해서 걱정되는 그런 나날이지만 그냥 산다. 그냥 깔깔이를 입고, 수면 양말을 신고 잔다. 모기 때문에 잠을 못 자면 점심을 굶고 낮잠을 잔다.

그래도 자유를 얻어서 좋다. 생각하는 대로 살 수 있어서 좋다. 내가 내 운명을 결정할 수 있어서 좋다. 이제 성공도 실패도 다 내 몫이다. 회사가 잘 되는지 보고, 원룸으로라도 옮겨야겠다. 아무리 그래도 모기 4마리는 심했다.

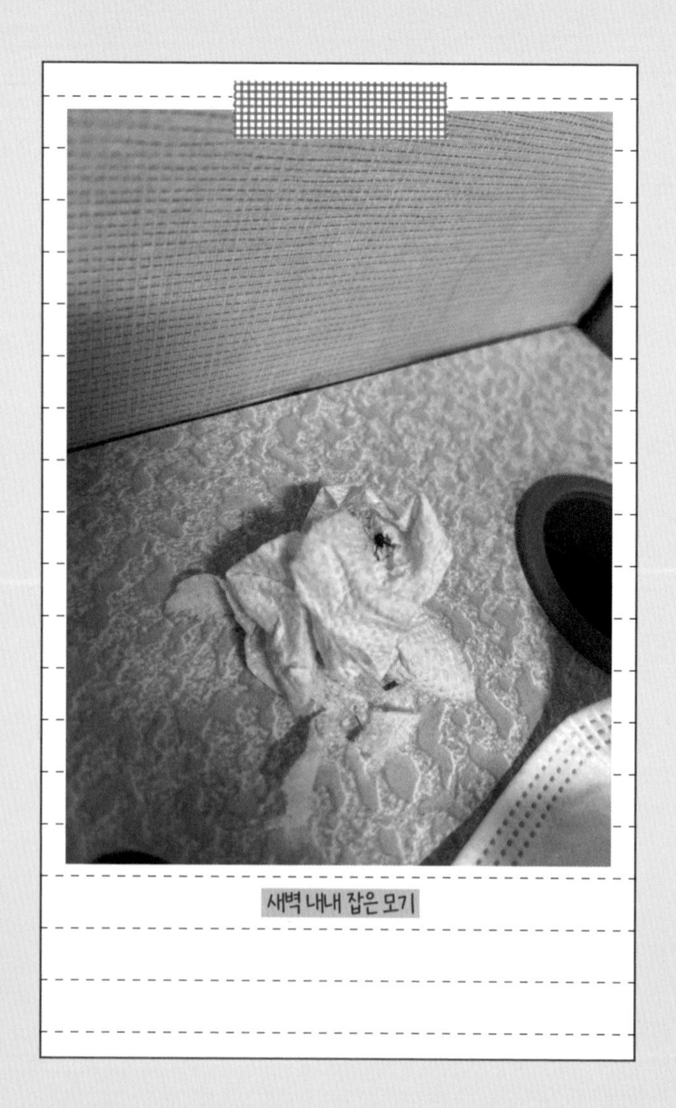

새벽 내내 잡은 모기

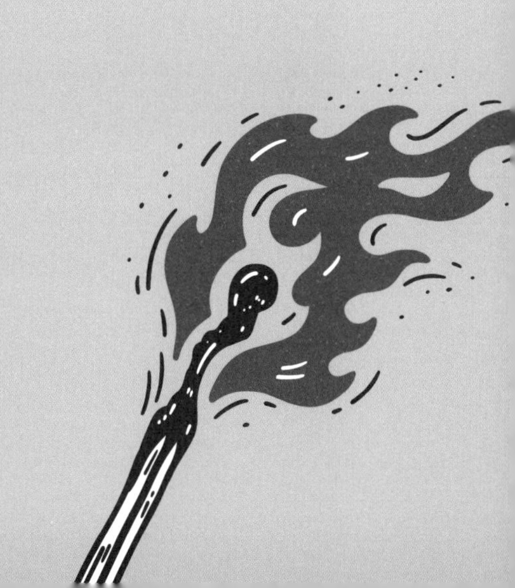

DATE.	TITLE.
고시원 26일 차	멋진 회사와 초라한 나

고시원 생활이 많이 익숙해졌다. 아침에 일찍 일어나지 못할 줄 알았으나 알람을 몇 개씩 맞춰 놓으니 일어나진다. 알람이 너무 시끄럽다고 주의를 받기도 했다. 그래도 몸이 시간에 적응해 간다. 그릇과 포크를 샀다. 굳이 포크를 산 이유는 밥도 퍼먹을 수 있고, 라면 먹을 때도 젓가락처럼 사용할 수 있어서다. 그런데 쓰기가 애매하다. 방에서 그릇을 가지고 주방에 가서 음식을 꺼내 담고, 먹고 다시 그릇을 닦아 방에 가져다 두는 건 꽤 귀찮은 과정이다. 과정 자체가 귀찮기도 하고 물기가 있는 그릇을 방에 두는 것도 싫다. 주방 공용 그릇과 식기로 먹고 거기서 먹고 닦고 두고 오면 편하다.

그래서 포크와 그릇을 샀는데도 웬만하면 공용 그릇을 이용하고 있다. 너무 설거지가 안 되어있어서 더러운 날이면 내 그릇을 사용하긴 한다.

물기가 남아있는 그릇은 물을 빼야 한다. 다 쓴 마스크를 바닥에 깔고 물기 빼는 용도로 사용한다. 추억으로 사진이라도 찍을까 하다가 민망해 멈췄다. 모기가 많이 사라졌다. 물론 여전히 많지만 적어도 최근에는 자면서 모기를 본 적이 없다. 모기는 옷에 붙어온다고들 하기에 방에 들어오기 전에 몸을 한 번 털고 왔던 게 도움이 됐나.

○

스타트업에서 일하고 있다. 시작한 지 얼마 안 된 거 같은데 투자가 진행되고 있고, 매출도 발생하는 거 같다. 아직 주요 업무에 기여하지는 않고 있지만 기대된다. 없는 게 많다. 아침에 청소해 주시는 분이나, 커피 머신도 없고 사무용품 등도 많이 부족하다. 그래도 매일매일 무언가 생겨나는 걸 보면 신기하다. 어제는 정수기 옆에 티백이 생겼다. 사무용품도 매일 무언가 사는 듯하다. 연봉이 꽤 줄었다. 성과급이나 복지비용 등을 생각하면 거의 20%는 줄었다. 그래도 여기서 내가 무언가 할 수 있고, 경험할 수 있다면 그 정도는 괜찮다고 생각한다. 1억을 벌 때 20%가 줄었다면 타격이 크겠다. 뭐 그 정도 벌었던 위치가 아니니까.

대표는 개인 컴퓨터 없이 맥북으로 일한다. 자리도 없어서 매일 다른 자리에서 일한다. 나에게는 고정 자리와 듀얼 모니터까지 주었다. 저번에 말하는 걸 보니 어떤 외주를 받으면 몇백만 원 받는다고, 그걸 하고 구성원들에게 맛있는 거 사주자는 고민까지 한 거 같다. 성공할지는 두고 봐야겠지만 이렇게 구성원을 신경 쓰는 사람이니 믿고 따르고자 한다.

유행을 많이 타는 업계에서 일하고 있다. 니치 향수 브랜드나, 인센스를 켜 놓는 사무실 등 말 그대로 젊고 힙한 곳이다. 고시원에서 나와 헬스장에서 씻고 출근하는 나와 화려한 업계는 대비돼서 가끔 혼자 웃는다. 회사에서 밥이나 커피, 간식을 사줄 때마다 오늘은 얼마를 아꼈는지 계산하는데 말이다.

스타트업 업계에 대한 보고서나 아티클을 많이 읽는다고 생각했다. 확실히 미디어에서 나오는 내용보다 현장에서 나오는 소식이 빠르다. 유튜브에서나 보던 분들에게 연락하고 물건을 주게 된다. 나 개인으로는 하기 힘든 일일 거다. 대출이나 직원을 고용하는 걸 레버리지라고 하는데, 스타트업에서 일하는 것도 어떻게 보면 직원이 사장의 명성이나 경력 등을 레버리지하는 게 아닐까 생각한다. 레버리지를 당겨쓰는 이유는 내가 가진 무엇보다 더 큰 일을 하기 위해서다. 물론 레버리지에 대한 책임은 본인이 져야 하겠다.

미국에서 대학을 나와 인턴을 하는 동료가 있다. 조금 들어보니 엘리트 코스를 밟은 거 같은데 가끔은 왜 나는 저런 삶을 살지 못했을까 아쉬움이 든다. 그럴 때면 예전에 사주와 관상을 공부했을 때를 떠올린다. 디테일한 건 많이 까먹었지만 인간의 운명이 정해져 있다면, 그 안에서 최선을 다해야 한다는 게 그 결론이다. 물 조심하고 불조심해야 한다는 뻔한 소리가 아니다.

100과 100,000의 영향력을 줄 수 있는 그릇의 사람이 각각 있다고 하자. 100의 그릇을 가지고 최선을 다해 100을 다 행하는 사람이 있다. 100,000의 그릇을 가지고 있지만 노력과 운이 없어 50 정도만 행한 사람이 있다. 그러면 이 둘 중 누가 잘난 사람일까. 결과만 보면 전자가 잘 살았다.

니체의 영원회귀도, 사주팔자도 똑같은 이야기를 한다. 시간이 4차원이라면 우리는 흐르는 공간 속에서 시나리오대로 살아간다는 이론도 마찬가지다. 우리가 무엇을 선택하는지가 우리를 만든다.

나는 어제보다만 잘 살면 된다. 창업자들과 기존 직원들을 빼면 내가 첫 정직원이다. 홈페이지 구성원 소개에 첫 줄에 끼게 된다. 무지하게 떨린다.

DATE.	TITLE.	
고시원 32일 차	사무실에 붙어있고 싶어요	

안정된 루틴이다. 7시 30분에 일어나 헬스장에 간다. 대근육 위주인 등과 가슴, 하체를 빨리하고 9시 30분까지 출근한다. 나머지 자잘한 부위 및 작은 운동은 밤에 하면 된다. 점심을 다 따로 먹는다. 업무가 너무 분할되어 있기도 하고, 나도 아직 적응 중이라 같이 먹을 만한 사람이 없다. 기사식당에서 돼지불백을 시켜 먹는다. 첫날부터 지금까지 거의 6일 연속으로 먹었다. 어제는 심지어 편의점 도시락도 돼지불백을 먹어, 오늘은 그나마 닭갈비를 먹었다. 아마 이러고 또 내일 돼지불백을 먹을 거다. 8천 원에 쌈 채소, 6가지 밑반찬에 국까지 나온다. 여섯 끼 연속 김치찌개를 먹던 부모님의 마음이 이해된다.

점심시간도 업무가 있거나 하면 유연하게 사용해서 30분 일찍 나가거나 1시간 늦게 나가도 된다. 처음에는 어색했는데 느긋하게 혼자 담배를 피우고, 애인과 짧게 통화를 하거나 개인 용무를 볼 수 있어서 익숙해졌다.

음악을 틀어 놓는다. 재즈 아니면 가사가 거의 없는 팝송이다. 평소에도 책 읽을 때 틀어 놓던 음악이라 좋다. 아직 집중해야 하는 업무가 없어서 오후면 노곤한데, 음악이라도 있으면 한결 낫다. 예전 인턴 할 때는 가요 같은 거 틀어서 정신이 없었다. 확실히 일하는 사람은 다르다. 간식이 생겼다. 너무 좋다. 하루에 커피 2잔을 마시고, 간식도 좀 주워 먹는다. 복사도 몰래 할 수 있다. 저녁에 고시원에서 할 게 없으니 사무실에서 시간을 보내고 갈 수 있다. 이게 복지 아니고 무엇이겠는가. 작은 것에도 감사하게 된다.

대표는 일찍 퇴근하라고 해도 나는 사무실에 있는 게 좋다. 사무실에서 책을 읽고, 강의를 듣고, 글을 쓰고, 리서치를 하고 싶다.

업계 사람들을 만나보고 싶다. 스타트업에 대해 보고 듣기만 했지 직접 일해본 건 처음이라 아직은 어색하다. 일하는 방법이나 호칭이나, 비품이나 이런 게 다 미비해 정말 바닥부터 시작이다.

여섯 시 반. 퇴근한다. 첫 주에는 뭘 해야 할지 애매했는데 요즘은 회사 근처 도서관에 간다. 22시까지 도서관에서 책을 읽고 글을 쓰다가 헬스장에 가서 나머지 운동을 한다. 요즘 간식을 주워 먹고 냉동 볶음밥을 많이 먹어서인지 지방 빠지는 속도가 줄었다. 조금씩 유산소를 늘리고 있다.

일하고 운동하고 책만 보다 보니 유튜브 보는 시간도 줄었다. 몇 시간짜리 영상을 챙겨 보던 게임 채널이 있었다. 못 본 지 일주일은 된 거 같다. 구독 채널들도 오디오만 나오는 영상이 아니고서는 일주일 가까이 못 보고 있다. 하루 2시간 운동하고, 2시간 책 읽고, 9시간 일하고, 글은 겨우겨우 쓴다. 너무 규칙적으로 잘 살아서 나도 신기할 정도다. 주말에는 본가에서 최대한 시간을 보내지만, 평일에는 정말 기계처럼 산다.

감정을 버리고 습관을 버려야 사람은 작동한다.

DATE.	TITLE.
고시원 38일 차	주방에 우렁각시가 있나?

어떻게 날짜까지 세는지 신기하겠지만, 헬스장 출석 기계에서 남은 기간을 알려줘서 알고 있다. 고시원 첫날에 헬스장을 등록했으니 40일 정도 됐다. 아침 헬스장은 아저씨, 할아버지들의 모임 장소다. 신도시 아줌마들이 브런치 가게에서 모인다면, 공업 지역 아재들은 헬스장에서 모인다.

몸 좋은 청년들에게는 넉살 좋게 운동을 물어보기도 하는데, 서로 운동하기보다는 떠드는 시간이 많아 보이기도 한다. 그래도 보기 좋다. 저번에 레그프레스 중에 김 사장 아니냐고 말 걸어서 큰일 날 뻔했다. 이런 일들만 빼면 뭐 활기차서 좋다. 처음 왔을 때는 아직 여름이 남아있었다. 그런데 벌써 겨울이 오고 있다. 출퇴근 때는 무조건 롱 패딩을 입어야 한다.

추워서인지 모기가 사라졌다. 물론 주방은 음식물이 계

속 있어서인지 어쩔 수 없다고 쳐도, 방이나 복도에서는 거의 볼 수 없다. 춥긴 춥다. 일어나는 순간에는 떨면서 깬다. 10년 된 군대 깔깔이에 히트텍, 수면 양말을 신고 자도 춥다. 바지를 두 겹 입어야 할지, 이불을 두꺼운 걸 챙겨야 할지 고민이다. 두꺼운 이불은 부피감이 커 방안을 차지하고, 바지 두 겹은 잘 때 불편하다. 그런데 이 1평도 안 되는 공간에서 부피감이나 디자인을 고민할 필요가 있을까. 아무래도 두꺼운 이불을 중고로 구해야겠다.

처음 써본 건조기가 편해서 세탁 시간은 줄이고, 건조 시간만 최대로 늘렸더니 니트의 기장과 어깨가 꽤 많이 줄어 쫄티가 됐다. 요즘 유행이 슬림핏이라 하니 오히려 좋다 싶기도 하지만, 앞으로는 웬만하면 자연 건조해야겠다. 버려도 될 법한 옷만 들고 왔어도 아깝다. 궁금한 옷이 있어서 하나 주문했다가 반품 신청했는데, 고시원이라 조금 걱정이다. 고시원장이 박스를 그냥 버리는 경우가 많다. 반품 송장이 늦게 나와서 이틀 동안 혹 버린 건 아닐까 걱정했다. 아무래도 다음 반품은 직접 택배를 보내야겠다.

○

회사에 다니면서 식비가 많이 줄었다. 사내 자체 간식도 있고 여초 회사라 그런지 간식들을 많이 사 먹고, 입도 짧아서 나눠준다. 그 덕분에 저녁값을 아끼고 있다. 동료들의 다이어트를 도와준다는 사명감으로 나도 거리낌 없이 잘 받아먹고 있다. 회사 근처 기사식당에서 제육볶음, 불백을 먹은 지 15일 차다. 아직은 먹을 만하다. 나도 내 한계가 궁금하다.

○

게이머가 돌아왔다. 보통 12시 전까지는 게임을 끝내지만 하루는 1시 언저리까지 했다. 그 탓에 나도 잠을 못 잤는데 다행히 1시쯤에는 끝내서 다행이었다. 층간소음도 아니고, 창간소음? 이런 소음은 어떻게 해야 할까.

닭가슴살 소시지가 8일 만에 20개가 사라졌다. 의심으로 신경 쓰는 게 싫어서 굳이 안 세고 있었다. 하지만 간만에 보니 양이 너무 적어서 세어봤다. 30개를 주문했는데 9개가 남았다. 하루에 2개씩 먹어도 15개가 남아야 한다. 무엇보다 내가 하루에 2개씩 먹지도 않았다. 닭가슴살 팩은 소스도 있고 귀찮아서 잘 안 훔쳐먹은 거 같은데 소시지 같은 건 편하니 막 빼먹나 보다. 우렁각시는 살림을 채워준다지만 여기는 빼먹기만 한다. 앞으로 그냥 가루형 단백질만 먹어야겠다.

단백질 먹던 텀블러와 음식 담는 그릇

DATE.	TITLE.
고시원 55일 차	무지출 데이의 적

기사식당 할머니는 이제 말을 안 해도 안다. 인사만 해도, "총각 불백이지."라고 받아준다. 하루는 경찰이냐고 묻길래, 아니라고 했다. 매일 검정 잠바에 깔끔한 머리를 하고, 비슷한 시간에 밥을 먹으러 와서 물어봤단다. 순간 식당 할머니가 의경 단화를 알아본 게 아닐까 생각했다. 10년 전 신었던 의경 단화가 너무 편해 지금까지도 신고 있다. 중고 거래로 몇 개씩 구비해 뒀다.

가격으로 만족했던 헬스장은 그거 외에는 다 불만이다. 기구가 너무 적고, 사람은 너무 많다. 기구도 구식이다. 아침에는 출근 전 들른 사람이 많아서인지 수건이 부족할 때가 많다. 이제는 세탁실에서 알아서 가져오지만 처음에는 당황해 사람들이 바닥에 흘린 수건 중 덜 축축한 거를 가져다 썼다.

최근에는 이번 달 토요일은 쉰다고 문자를 받았다. 그것도 금요일 오후였다. 중소기업식 샤우팅 공지도 아니고 휴일 날짜 변경을 전날에 공지하다니, 엉망이다. 그래서 오늘 서울 구경을 하기 전 오랜만에 주말이라 운동하고 씻고 나가려고 했는데 그러지를 못했다. 아침에 부스스한 머리 만지는 데만 20분이 걸렸다. 고시원에 씻을 수 있는 물품을 갖춰 놓는 게 좋을까?

마감 시간 1시간 전, 운동하는 사람은 거의 나밖에 없다. 가끔 젊은 남자 1~2명이 있긴 한데, 1주일에 5일 다 채워서 오는 사람은 나뿐이다. 그래서인지 헬스장 사장도 아무도 없는 거 같으면 마감 20분 전부터 정리를 하기 시작한다. 하루는 마감 10분 전, 씻는 중에 샤워실 불이 꺼져 당황했다. 겨우 수건을 찾아 말리고, 입구로 나가 사람 있다고 외쳤다. 웃통을 벗고 수건으로 아래만 가리고 사람 있다고 외치는 일도 민망하긴 한데, 재밌는 경험이었다.

요즘은 사람 있는 티를 내려고 샤워할 때 혼잣말을 많이 한다. 어차차차. 씻어야겠구나. 나가야지. 잘 먹었네. 하하

하. 중년이 "택배가 왔나 보구나." 혼잣말이 늘어나는 건 존재감을 확인하고 싶은 발버둥이 아닐까.

○

오랜만에 서울 구경을 했다. 회사, 도서관, 헬스장, 고시원만 반복하다 보니 오히려 시각이 좁아지는 게 느껴진다. 책이나 영상은 좋은 도구지만, 실제 현장이나 사람들을 보고 대화하는 것보다는 몰입감이나 현장감이 떨어진다.

도서관에서 책을 읽다가 브랜드와 팝업스토어를 구경했다. 중간중간에 닭가슴살을 주워 먹고 또 구경하고, 또 잠깐 먹고, 또 구경하고 그랬다. 나름의 무지출 데이를 달성했다. 만약 길거리에서 닭가슴살을 먹는 사람을 본다면 나라고 생각할 수도 있다. 무시해 주면 좋겠다. 23살 때부터 길거리에서 먹어서 익숙하다.

오늘 무지출의 가장 큰 적은 비였다. 전날 아이폰 앱으로 봤을 때는 저녁 7시까지 비가 온다길래, 그 사이사이에 실내에 잘 들어가 있으면 우산이 없어도 되겠다고 생각했다. 우산이 없었기 때문이다. 전 회사에서 받은 우산을 헬스장에 들고 갔는데, 까먹고 이틀 뒤에 갔더니 사라졌었다. 전 회사에서 받은 거라 잘 사라진 건가. 또 우산을 언제 본가에서 가져오나 귀찮아서 안 챙기고 있었다.

다행히 저녁 7시까지는 사이사이 실내에 잘 들어가 있어서 비를 거의 안 맞았다. 하지만 '이제는 비가 안 오겠구나.' 싶던 차에 엄청나게 쏟아지기 시작했다. 앱을 보니 새벽까지 온다고 되어있었다. 저번에 아이폰 앱에서 맑다고 했는데 비가 온 적이 있어, 친구가 아이폰 날씨 앱은 믿지 말라고 했던 게 기억났다. 친구 말을 들어야 했다.

5분쯤 걷자 옷이 다 젖었다. 신발에서는 질척거리는 질감이 느껴지기까지 했다. 이때 생각했다. 우산 하나 살걸.

옷까지 무거워질 지경이 되자 이제는 정말 사야겠다고 결심했다. 점심 저녁 다 버텼는데 우산으로 몇천 원을 쓰는 게 너무 아까워서 참고 있었다. 그런데 이러다 내 옷, 신발, 책,

이어폰 등이 다 망가질 거 같았다. 이미 우산값보다 비싼 물건들의 수명이 줄었는지도 모르겠다. 우산을 사는 김에 오늘은 담배를 더 피워야 할 거 같아 담배까지 사버렸다.

마지막에 Spa 브랜드에서 옷 구경 겸 비를 피했다. 이후 버스를 타고 본가로 갔다. 글을 쓰는 지금으로부터는 3시간 전이다. 옷은 축축하고, 신발은 축축 수준이 아니었다. 거의 물에 담근 수준이었다. 물웅덩이도 많이 밟았으니 뭐. 구경은 잘했지만 스스로가 미련하게 느껴졌다. 뭐가 중요하고, 중요하지 않은지, 무엇에 투자하고 투자하지 말아야 하는지. 그걸 구분하는 게 중요하다고 말했다. 이렇게 미련하게 하루를 마무리하다니.

DATE.	TITLE.
고시원 60일 차	악몽을 꿉니다

사회인의 호흡은 느리다지만 걱정이 들 때가 있다. 두 달 뒤에는 원룸으로 옮겨야 할까. 이 회사에서 계속 일할 수 있을까. 10년 뒤, 아니 1년 뒤에는 어떤 모습일까. 6개월 전의 나한테 "너는 스타트업에 가서 설거지도 하고 청소도 하면서, 고군분투하며 일할 거야."라고 말하면 나 자신도 안 믿었을 거다. 1년 전만 해도 공공기관 사람들은 "정관씨는 앞으로 35년 더 일할 수 있겠네."라면서 농담 아닌 농담을 하곤 했다. 마음은 급한데 성장 속도가 느려서 불안하다.

식비가 애매해 1일 1끼를 해서인지 먹는 양이 꽤 줄었다. 친구와 오랜만에 만나서 고깃집에 갔는데 생각보다는 많이 못 먹었다. 잘 못 먹던 고기라 많이 먹으려고 했는데 신기하다. 오히려 슬림한 몸을 유지할 수 있으니 좋은 걸까. 헬스장은 이제 좀 즐겁다. 강도 높은 운동을 하는 걸 줄이니 마음도 편하고 사람들 구경하는 맛이 있다. 회사원처럼 입은 와중에

금반지와 금팔찌를 한 신기한 아저씨. 서로 등에 로션을 발라주는 아저씨들. 사람 구경을 헬스장에서 한다.

바퀴벌레를 오랜만에 봤다. 방문 앞에 배 까고 누워있길래 깜짝 놀랐다. 누가 죽였으면 치워주면 좋을 텐데. 반대쪽으로 찼더니 10분 뒤에 다시 내 방문 앞으로 왔다. 님비현상을 실제로 보다니. 다음날 출근할 때까지 보고, 퇴근할 때는 없었으면 기도했다. 다행히 퇴근할 때는 없었다.

○

친구에게 전화를 거는 꿈을 꿨다. 군대 때 친했다가 지금은 투자로 성공한 친구다. 고민 상담을 했다. 무슨 내용인지는 기억이 안 난다. 무엇이라도 말하고 싶었나 보다. 그 후로 또 꿈을 꾸었다. 어디 음식점에 갔는데 안 친한 대학 동기가 사장인 꿈이었다. 직원들에게 둘러싸여 사장님 소리 듣는 동기를 보니 꿈에서도 묘한 기분을 느꼈다. 요즘 불안한 건가. 누군가를 질투하는 건가.

○

자신의 이야기를 잘 하지 않는다. 애인과도 큰 대화 없이 가만히 있는 게 편하다. 왜 말이 없냐고 애인이 말할 정도다. 그런데도 글은 쓴다. 누군가는 말로 뱉어낼 것을 나는 글로 뱉어낸다.

평범한 사람이 좋다. 고민하고 행동하는 사람은 좋지만 고민하고 나처럼 글을 쓰는 사람은 조금 꺼림칙하다. 2년 넘게 만난 애인보다도, 어쩌면 하루 날 잡고 내 글을 쭉 읽는 게 나를 더 잘 이해하는 방법이 될 수도 있다. 이게 정상인가. 하고 싶은 말은 많지만, 약해질까 봐 약해 보일까 봐 늘 익명으로 글을 쓴다.

그런데 만약 내 애인도 이렇게 생활하고 있다면 조금 서운할 거 같다. 그래서 나는 평범한 사람이 좋다. 고민하고 친구를 만나 떠들고, 배달 음식을 먹고, 약간 부족한 자기 관리를 하는 사람. SNS에 자주 접속하고 〈환승 연애〉와 〈나는 솔로〉를 챙겨 보며 울고 웃는 감정에 충실한 그런 사람이 좋다.

그 사람도 분명 모든 감정과 생각을 말하고 다니진 않겠지만 나처럼 인터넷에 500개가 넘는 글을 쓰지는 않았을 거다.

글을 힘들 때 쓰는 거 같다. 좋은 건 그냥 사진 간단히 찍고 온전히 누리려고 하는데, 힘든 건 극복하기 위해선지, 안 겪기 위해선지 계속 곱씹는다. 애인은 사진을 찍어 두고 꽤 자주 보며 추억을 떠올린다. 나는 사진을 찍기만 하고 보지는 않는다. 그냥 다음 쓸 글을 고민할 뿐. 요즘 글이 초기보다 드문 건 이제 힘든지, 좋은지도 조금 무감각해졌기 때문인 거 같다.

DATE.	TITLE.
고시원 70일 차	전 잘 지내고 있어요

사람은 말해야 풀린다는데 말할 사람이 없다. 종일 귀에 팟캐스트나 유튜브를 듣고 있다. 그래서 글 쓸 거리나 고민하는 거 같다. 아니면 헬스장 아저씨들을 관찰하거나.

스타트업에 다니면서 『미생』을 다시 한번 읽었다. 주인공 장그래는 처음엔 대기업 계약직이었고 이후엔 회사 선배를 따라 작은 기업부터 시작한다. 몇 가지 문장을 정리하다 만화 내용의 깊이가 깊어 포기했다. 일 년 전 회사 글만 봐도 민망할 정도인데, 앞으로 반년 뒤, 일 년 뒤에 글을 또 보면 또 얼마나 민망할까. 이제 정말 회사가 지겹다는 생각이 들 때 다시 한번 도전해 봐야겠다.

헬스장이 3일을 갑자기 쉬었다. 평일 중 3일이나 쉬는 건 가혹하다. 그래서 하루는 샤워를 안 하고 회사에 갔고, 남은 하루는 찝찝해서 그냥 고시원에서 씻었다. 생각보다 천장이 아주 낮지 않아 다리만 굽히면 됐고, 머리만 바짝 말리면 돼서 꽤 괜찮았다. 앞으로 주말에 나갈 때는 이렇게 해도 괜찮겠다는 생각이 들었다. 역시 해보고 말해야 한다.

모기를 정말 잘 잡게 됐다. 고시원에서 정말 많이 봤고, 회사에서도 꽤 보인다. 올겨울은 안 춥다는데, 환기를 자주 해서인지 모기가 하루에도 한두 마리는 들어온다. 그때마다 잘 잡아서 뿌듯하다. 나도 잘하는 게 있다. 백반집 할머니가 옷이 예쁘다고 칭찬해 줬다. 제일 대충 입고 간 날이었다. 평소에 잘 입을 때는 말도 없더니. 민망하다.

도서관에서 책을 읽고 글을 쓰다가 운동하고 들어가는 게 일상이다. 밤 10시에 나와 헬스장에 가던 중에 비가 내리기 시작해, 허겁지겁 옥상에 올라가 빨래를 걷었다. 비 맞은 빨래를 챙기고 다시 돌리고 너는 게 꽤 귀찮은데 다행히 잘 걷었다. 운이 좋다.

70일 차 옥상 비 옴

DATE.	TITLE.
고시원 75일 차	네? 회사 나가라고요?

홈페이지 제작을 위해 접속하려는데 비밀번호가 틀렸단다. 신입에게 물어보니 비밀번호를 안다고 해 대표에게 받았던 메시지를 공유해 달라고 했다. 거기엔 바뀐 비밀번호가 있었고, 한 문장이 더 적혀 있었다. '다른 팀원에게 공유 금지.'

팀에 나랑 신입, 그리고 대표들밖에 없다. 공유 금지라는 건 내가 보지 말라는 의미인가? 일에 손 떼라는 거 같아 종일 사무실 정리만 했다. 오전 내내 했는데도 아무도 뭐라 하지 않았다. 중간에 대표가 들어와 인사했는데도 대표는 받아주지 않았다. 오후 늦게까지 사무실 청소만 했는데도 아무도 찾지 않았다.

"다른 팀원에게 공유 금지."라는 문장을 보자마자 느꼈다. 조조에게 빈 그릇을 받은 순욱의 마음이 이랬을까.

대기업에서 퇴사시키기 위해 잡무를 시키거나, 책상을 빼거나 하는 경우가 있다고 하는데 정말이구나. 그래서 나도 때가 온 거 같아 아무것도 묻지 않고 청소만 했다. 이렇게 남은 수습 기간을 채워야 하나, 정말 이렇게 나를 한 달 동안 둘 생각인가? 신입에게 점심을 같이 먹으며 무슨 이야기 들은 거 없냐고 하자 애매한 표정으로 모른다고 한다. 아마 알지만 모르는 척해주는 거 같다.

퇴근 10분 전, 대표가 불렀다. 고생했고 이쯤에서 서로 정리하는 게 좋겠단다. 조만간일 건 알았지만 당일일 줄은 몰랐다. 미리 짐 정리나 데이터 정리를 어느 정도 해 둬서 다행이었다. 감사하다고 인사를 하고, 짐을 챙겨 나왔다. 부족해 죄송하다는 말에 더 좋은 기회가 올 거라고 했다.

어디서부터 꼬인 걸까. 조금 더 사근사근했어야 했나. "재가 실수한 건데요." 따져야 했나. 술이라도 한잔하자고 해야 했나.

가장 마지막 계기는 저번 주 금요일일 거다. 대표가 시킨 일을 마무리하고, 신입과 인턴에게 해야 할 일을 주고, 마지막으로 지난날에 못 했던 걸 마무리하고 있었다. 대표는 왜 이걸 하냐고 했고, 나는 미리 정리해 두면 편할 거 같다고 답했다.

이러면 다른 제품이랑 통일을 못 시킨다는 말에, 저번에 혼잣말로 통일하면 좋겠다고 말씀하셔서 이렇게 하면 될 거 같았다고 답했다. 왜 상식적으로 일을 안 하냐는 말에는 답을 못 찾았다. 민망하게도 하면서도 이게 애매하다고 생각했다. 그래서 왜 또 무언가 만들어서 하냐고, 딴 거나 잘하라는 말을 들을 거 같아 후딱 마무리하려고 한 거다. 괜히 일 만든다는 인식 주기 전에 간단히 마무리하려고 했다. 딱 걸렸다. 그전까지는 있었던 일들을 잘 쳐냈고, 신입이 "정말 일 잘하시네요." 하기까지 했다. 내 잘못이다. 하나라도 애매하면 물어봐야 했다.

여기서 상식은 일 센스 정도를 의미하고, 다른 말로 하면 회사 문화 정도가 될 거다. 이 회사 문화와 일 센스는 사람마다 생각하는 게 다 다르지 않을까. 같은 문화를 공유하지 않으면 같은 상식이 통하지 않는다. 문화를 공유할 시간이나 계기가 있었던가. 대표가 만족스럽다던 신입도, 내가 중간에 두세 번 봐주지 않았다면 상식이 통하지 않았을 거다. 프린트하는 법, 포장하는 법 등 미리 언질을 주지 않았다면 두세 번의 실수를 반복했을 거다.

오늘도 저거 실수할 거 같다고 생각했던 게 있는데 정말 생각대로 실수했다. 그래서 홈페이지의 자료들이 다 날아가서, 복구하느라 개발업체에 연락해 대표의 에너지를 써야 했다. 과연 '상식'을 전달해 주는 사람이 없다면 어떻게 되는지 지켜보려고 했다. 생각대로였다.

이렇게 생각하면 회사 사람들이 내 글을 보지는 않는 거 같다. 내 실수가 아니라고 했고, 이 회사에 좋은 문화를 가져오게 열심히 하겠다고 했는데 바로 다음 주에 자르다니. 아니면 글을 보고 너무 건방지다 생각해서 자른 걸까. 뭐 어찌 됐든 서로에게 좋은 선택이었다. 이런 일이 지속되면 나도 다른 회사를 알아보려고 했다.

모든 방안을 다 써보려고 했다. 일 잘하는 척. 소심한 척. 당당한 척. 모든 걸 물어보는 척. 거의 다 사용했다. 그런데도 안 통했다. 예전 회사에서도 똑같이 느낀 감정이다.

업계 공부를 위해 정말 열심히 공부하고, 일하는 티도 많이 내서 후회는 없다. 한 유튜버의 말이 떠오른다. "우리가 바꿀 수 있는 건 노력뿐이니 노력이라도 해야 한다."

돌이켰을 때 딱 하나 아쉬운 게 있다면, 대표의 친인척이 왔을 때 거리를 두지 말고 오히려 친해져서 일을 같이 잘해야 했다는 거다. 괜히 거리 두고, 따로따로 일을 하다 보니 빈틈이 많이 생겨 그 모든 책임이 나에게 왔다. 대표가 마지막 가는 길에 사회생활 선배로서 하는 말이라며, 자신들은 더 힘든 일도 많았는데 그 일들이 성장의 계기가 됐다고 말했다.

당연한 말을 하고 있다고 생각했는데, 지금 돌이키니 맞는 말이었다. 지금 좋은 회사 문화들이 잘 퍼져있는 건, 10년 전, 20년 전에 아직 개선되지 못했던 문화들 덕분이었다. 10년 전, 20년 전에는 얼마나 말도 안 되는 일들이 많았을까. 당연히 작은 회사면 어떤 일이든 생길 수 있다. 그걸 예상하지 못한 내 잘못이었다.

여러 에피소드가 떠오른다. 외부 업체에서 미팅하러 와서, 미리 세팅을 다 해뒀는데 업체에게 "센스 있으시네요."라고 들은 일.

홈페이지에 잘못 입력된 게 있었다. 업체가 이렇게 생각해서 잘못 입력한 거 같은데 수정이 필요하다고 말했더니 "업체가 그렇게 했다고요? 확실해요? 우리가 말한 적이 없는데?"라고 들었던 일.

결국 내가 맞았다. 헷갈리게는 말해도, 틀린 말은 안 한다.

말 놓자던 공동대표가 어느 순간 존댓말로 대하던 일.

이 순간부터 나에 대한 마음을 접은 거 같다.

잘 찾았으니, 잘 정리해서 말해달라는 일.

대표들도 간략하게 지시를 주길래, 보고도 최대한 간략하게 했다. 이러면 안 됐다. 대표는 바쁘니 짧으면서도 최대한 모든 정보가 담겨있게 전달해야 했다. 이건 확실히 배웠다.

입사한 지 사흘 만에 "적응됐어요?"라고 들은 일.

아무리 생각해도 대표와 신입은 서로를 이해 못 하는 거 같다. 구성원들에게 인사 한번 했다고 바로 적응하는 게 아니지 않나. 화장실 어디 있어요. 밥은 같이 먹나요. 비품 사도 되나요. 이거 일은 어떻게 하나요. 이건 왜 이렇게 되어있나요. 저 팀은 누구이고, 어떤 사람인가요. 신입은 알아가고 묻는 것만으로 상당한 에너지를 소비한다.

"네 의견을 말해봐."라고 들은 일.

이런 이유로 이렇게 일했다고 의견을 말했는데, 이 과정은 서로의 생각을 조율해 시스템을 바꾸는 일이 아니라 이 새끼가 얼마나 나와 상식이 다른지 파악하는 과정이었다. 유도신문에 걸려들었다.

"너 대체 뭐 잘하니. 네가 잘하는 일을 하자."라고 들은 일.

친인척이 한 실수로 지적을 받아 어이가 없던 와중에 또 하나 실수를 저질렀다. 대표가 "너 잘하는 게 뭐니. 네가 잘하는 일을 하자."라고 말했다. 이 말이 정말 내 적성을 찾아줄 요량이 아니고 그냥 화풀이였단 건 알지만, 표현이 고마웠다.

최선을 다했다. 후회는 없다. 오히려 깔끔하게 말해줘서 좋다. 그리고 만든 양식과, 매뉴얼은 계속 남아있을 거니 나름대로 뿌듯하다. 매뉴얼을 보고 뒷사람들의 시행착오를 초반에 조금이라도 줄일 수 있다면, 그래서 잘 적응하고 원팀으로 성장한다면 언젠가는 내 생각을 하려나.

"신입아, 네가 해. 관이가 하지 말고." 신입이 했던 일들 대다수가 내가 한 거고 내가 중간중간 체크해 준 거다. 신입은 그 분위기를 모르는지, 모르는 척하는 건지 모르겠다. 이 회사는 그런 곳이다. 당연하지 않은 상식과, 그 상식이 통하지 않으면 무시당하는.

한 사람의 시행착오를 초반에 많이 줄여주었으니 그게 어딘가. 할 일은 다했다. 할 수 있는 건 노력밖에 없는데 노력이 통하지 않는다면 포기해야 하지 않겠는가.

좋았던 점. 완전히 새로운 업계에서 일했던 것. 나름 업계에서 유명한 사람과 일했던 것. 건강 간식이 많았던 것. 냉장고를 쓸 수 있었던 것. 음악 들으며 일했던 것. 끝.

과,
김정관 님의 합격이 결정되었습니다.
아래 출근 관련 정보 및 필요 서류를 안내해드리오니, 이메일 회신을 통하여 보내주세요.

합격 소식을 받고 얼마나 됐을까

독립일지	숨만 쉬면 나갈 57만 원, 최소한의 삶	

숨만 쉬어도 100만 원은 나간다고 했더니 기대 이상의 반응을 얻었다. 반응은 크게 두 가지였다. 하나는 "열심히 사세요.". 또 하나는 "그게 무슨 숨만 쉬는 거냐". "늘 나 정도면 열심히 살고 있지." 와 "와, 저렇게까지 열심히 한다고?" 상반된 두 반응 사이에서 갈등한다. 그게 무슨 숨만 쉬냐는 말이 있어서 정말 숨만 쉬고 살 경우에는 어떨지 한 번 계산해 봤다.

	내용	금액
식비 1	편의점 4,500원 2끼 30일	270,000
월세	고시원 1.5평	250,000
기타	부족한 비품 및 생활용품	50,000
계		570,000

숙소

고시원 월 25만 원.

고시원보다 나은 대안을 모르겠다.

식비

편의점 도시락 4,500원X2끼X30 = 27만 원.

4천 원 미만도 있고, 5천 원 이상도 있겠다. 적당히 고기가 들어간 도시락 가격이 4,500원 정도다. 대기업에서 석박사님들이 열심히 만드신 거라 영양도 적당히 들어가 있다. 조금 짜긴 하지만 밥도 적당히 있어 탄수화물도 채울 수 있고, 반찬도 네 가지 이상은 들어가 있다. 아니면 고기가 듬뿍 있다. 한 개에 칼로리가 보통 800kcal인데 성인 남성의 하루 권장이 2,500kcal 정도고 여성이 2,000kcal 내외인 걸 생각하면 두 끼는 먹어야 한다. 다이어트를 하고 싶다면 하루 한 끼도 괜찮다.

초기 20일 정도는 편의점 도시락 위주로 먹었는데 먹을 만했다. 예전 회사에서도 고기만 있으면 잘 나온다고 생각하고 먹었다. 고기만 어지간히 있으면 한 달 정도는 연속으로 해서 먹을 만할 거다. 그 이후는 뭐. 생존인데 무슨 메뉴를 고민하는가.

헬스장

서울에서 한 달에 3만 3천 원이면 정말 잘 구한 거 같은데 왜 헬스장까지 가냐는 말이 있었다. 한 달에 6번 이상 쉬는 게 마음에 안 들긴 하지만 나름 괜찮은 선택이라고 생각했다. 출퇴근 20일X2번이면 40번이고 주말에는 1번씩 2일 가면 48번은 간다. 3만 3천 원에 48번을 가면 한 번에 700원 정도다. 이 비용에는 1시간의 운동기구 이용+샤워장+운동복+수건이 포함되어 있다. 사실 정말 아끼려면 운동도 그냥 방에서 홈트레이닝을 하고 좁은 샤워실에서 샤워하고, 운동복과 수건을 매일 갈아입는 걸로 대체하면 된다. 그러면 수건값과 운동복도 여벌로 준비해야 하고 세탁 과정도 같이 고려해야 한다.

홈트레이닝도 시도는 해봤지만 내 방에서 푸시업은 안 될 거 같다. 세로는 한 사람 누울 정도, 가로도 비슷하다. 책상에 고개를 넣고, 침대에 발을 올리면 고강도의 디클라인 푸시업(Decline Push Up) 같은 것도 잘하면 가능하겠다. 책상 밑에 고개를 넣는 자괴감이나, 고개를 숙이고 샤워해야 하는 고시원 샤워실의 자괴감을 이겨낼 수 있는 분이라면 홈트레이닝도 잘 맞을 거 같다.

3, 4일에 한 번은 2시간의 건조와 세탁을, 누군가 가져갔는지 어디 날아

갔는지 모를 세탁물을 걱정하지 않을 분이라면 홈트레이닝도 좋겠다. 하지만 나는 돈으로 해결할 수 있는 건 돈으로 해결해야 한다고 생각한다. 700원으로 누릴 수 있는 게 꽤 크기에 남들이 비싸다고 해도 헬스장에 돈을 쓰는 걸 선택했다. 이걸 제외하면 화장실, 욕실을 포함해 방값을 높여야 할 텐데, 그러면 가격이 오히려 높아질 것이다.

데이트

한 달에 18만 원을 사용한다고 했다. 100만 원에서 거의 20%를 차지하는 큰 비중이다. 맞다. 생존인데 무슨 연애인가. 하지만 연애할 돈이 없다면 공원을 걷고 무료 전시와 공연을 보고, 매월 마지막 주 수요일 문화의 날에만 영화를 보면 된다. 가끔 부자들의 일기를 보면 그런 데이트를 부끄러워하지 말라고도 적혀 있다. 그래도 이 18만 원에는 정말 많은 게 담겨있다. 인간의 외로움은 담배보다도 심하고, 국가도 지정한 문제다. 이 18만 원은 내가 애인에게, 상황이 어려워도 만날 때만큼은 너에게 집중하겠다는 메시지다. 매일 30분 정도 안부를 물으며 서로 대화를 할 수 있는 관계의 증거다. 서로 어렵고 견뎌내야 하는 과정에 네 옆에 있겠다는 무형의 보디랭귀지다.

독서 모임이나 소셜 모임에도 꽤 참가하곤 했다. 참가할 때마다 돈이 아깝다는 생각은 하지 않았다. 친구와 한 번 만나도 몇만 원씩 쓴다. 여러 명에게 새로운 이야기를 듣고 잘하면 새로운 친구를 만날 기회가 몇만 원이라면 꽤 싸다고 생각했기 때문이다.

기타

5만 원.

헬스장에 안 간다면 수건도 못해도 2개 이상은 사야 한다. 운동복도 2개 정도. 운동화, 양말, 속옷도 있어야 한다. 치약과 칫솔도, 돌돌이도, 물티슈도, 로션도, 숟가락과 젓가락도, 그릇도, 냄비도 사야 할 수 있다. 헬스장 갈 돈이 아까우면 드라이기도 필요하겠다. 보통 이런 건 하나 구입해두면 몇 달은 쓰지만 약간의 사치 비용을 합쳐 5만 원으로 잡자. 가끔 하루는 8,500원짜리 부어치킨을 먹고 싶은 날이 있을 수도 있지 않은가. 조금 아껴 쓰는 분이라면 여기에 통신비를 합쳐도 되겠다. 통신도 요즘은 0원짜리로만 갈아타도 무료로 쓸 수 있겠고, 교통도 가깝다면 자전거로 1년을 보낼 수도 있겠다.

담배가 늘어 일주일에 한 갑이 4~5일에 한 갑으로 늘었다. 담배만 3만

원 정도다. 담배가 어찌 됐든 개인의 사치와 취향을 최대한 억제하면 5만 원으로도 될 거 같다. 공사장 아저씨들도 크림빵을 사 오고 레쓰비를 사와야 칭찬하는데 그 어떤 소비도 추구하지 않는다는 게 좀 웃기긴 하다. 이렇게 하면 57만 원이다. 먹고 자고, 필요한 걸 약간 사고.

정말 숨만 쉬고 생존할 목적이라 다 뺐다. 누구와도 관계를 맺지 않고 그냥 살아가는 데 목적을 둔다면 말이다. 그런데 그건 진짜 숨만 쉬는 거지 사는 게 아니다. 말장난 같아 미안하다. 다만 이 글을 보는 분들이라면 글을 읽고 무언가를 얻고 싶어 하는 사람들일 텐데 생존만을 원하시진 않을 거 같다. 우리가 해야 하는 건 사회생활이다. 먹고 사는 게 다가 아닌 내가 성장하는 데 필요한 그 무언가가 우선일 것이다. 그리고 독자들이 그 무언가에 필요한, 혹은 빼야 할 그 무엇을 구분할 줄 아는 분들이라 믿는다.

나는 무엇이 중요하고, 중요한 게 아닌지 아는 사람이 되고 싶다.

DATE.	TITLE.	
고시원 80일 차	샤워장이 사라졌습니다	

2~3주정도 시간을 기다려 주신다면 회원님들께 좋은 소식으로 안내해 드리도록 꼭 약속 드리겠습니다.
지금 타 다른센터들은 책임감없이 먹튀를 하고들 있지만,
저는 절대 비겁하게 도망치거나, 무책임한 행동을 하지
않으려고 최대한 노력하겠습니다.
지금도 근처 센터들에게 수단과 방법을 가리지 않고 이관요청을 해놓은 상황이며, 세부 내용을 같이 검토 중이므로..조금의 시간만 참고 기다려주신다면 꼭!!
이관하여 다시 운동하실수 있게 책임감을 다 할 것 입니다.
이번주 주중으로 골프, 헬스 회원님들 나눠서 남은기간
확인하여 싸인을 받을 예정이며, 추후 따로 공지 하겠습니다.

P/S : 이관 정리가 다 될때까지 CCTV를 가동하고 있습니다.
골프백이든, 개인 물품이든 모두 회수할수 있으시게
도와 드릴테니..무단으로 센터에 들어오셔서 민,형사상
책임을 지시지 않으시길 부탁 또 부탁 드립니다!!
서로 마무리 깔끔하게 할수있게 도와주십시요.
개인물품 회수 시기를 따로 정해 말씀드리겠습니다.
그때 물품 회수 해 주시면 감사하겠습니다

80일 차 헬스장 폐업 문자

좁은 고시원 샤워실에서 씻는 게 싫고, 수건 처리나 세탁 등도 귀찮아 고시원 첫날부터 헬스장을 등록했다. 하루 두 번 알차게 운동했고, 실제 체지방 감량도 많이 하고 습관 형성에도 도움이 됐다. 그런데 그 헬스장이 망했다. 레전드다. 아침에 평소처럼 헬스장에 갔더니 문이 잠겨 있었다. 나보다 먼저 온 사람이 얼굴을 찡그리고 돌아가기에 무언가 했더니 문에 '문자 참고'라고 적혀 있었다.

문자를 봤다. 새벽 다섯 시에 와있었다.

"헬스장 오늘부터 운영 중지합니다."
'오늘부터? 미친 건가?'

"코로나 잘 버텨보려고 했지만 죄송합니다."
'그럴 거면 왜 나한테 1년 끊으라고 했지? 접을 생각을 몇 달은 했을 텐데.'

"어떻게든 책임지겠습니다. 무단 침입해 물건을 마음대로 가져가지는 마세요. 좋게 마무리하고 싶습니다."

'미리 가져갈 시간을 줘야지, 오늘부터 망했다는 사람이 어디 있는가. 웃음밖에 안 나온다. 좋은 마무리는 당신이 못하게 만들었다. 문에 침이라도 뱉으려다 참았다.'

"먹튀하지는 않겠습니다. 어떻게든 보상 방법을 찾겠습니다."

'먹튀가 문제가 아니라 당신은 정말 마인드가 문제다.'

욕이 절로 나왔다. 운동을 못 하기도 했지만 씻지를 못한다. 굳이 따지면 샤워실이 있으니 씻을 수는 있다. 그래도 운동기구와 수건과 운동복, 그 모든 게 사라졌다.

고시원에 돌아가 수건과 칫솔을 챙겼다. 처음엔 걱정했는데 그날 씻어보니 괜찮았다. 정말 씻을 목적 하나라면 이 정도 공간이면 충분하겠다는 생각이 들었다. 역시 시장이 개입한 건 틀린 게 없다.

드라이기는 없었지만 운동하기 위해서 출근 시간보다 한 시간 반 먼저 나왔으니 머리 말리는 시간은 충분했다. 막상 또 해보니 씻을 만해서, 역시 해보고 말해야겠다는 생각이 들었다. 늦은 밤 퇴근 후, 집에 들렀다. 드라이기를 챙기기 위해서다. 부모님이 드라이기는 왜 가져가냐고 해서 헬스장이 망했다고 했다. 부모님은 당황했다.

그날 축구 가나전이 있었다. 만두랑 이것저것 꺼내 먹었다. 저녁 안 먹었냐고 해서, 하루 한두 끼 정도 먹는다고 했다. 어떻게 한두 끼만 먹고 사냐고 하기에 돈이 없는데 어떻게 세 끼 다 먹냐고 답했다. 그 이후에는 별말 오가지 않았고 축구를 봤다. 월드컵 시즌이라 다행이다. 직장은 어떻냐, 네 형은 별일 없냐, 이야기가 없어서 좋다. 한국 경기도 경기지만, 미국이나 아르헨티나 등 다른 나라 축구 경기도 거의 매일 있어 대화 주제를 축구로 대체할 수 있다. 최근 본가 아파트 엘리베이터가 공사 중이다. 10층이 넘는 곳을 오르고 짐을 챙겨 다시 내려왔던 일들을 생각하면 참 우습다.

○

저번에 고시원 살면서도 돈이 꽤 나간다고 했더니 헬스장 갈 돈이 있냐는 댓글이 달렸다. 그분 덕분인지 때문인지 정말 헬스장이 사라졌다. 월요일에 챙긴 짐에는 드라이기와 함께 푸시업 바도 있었다. 뭐 어떻게든 몸을 구겨 넣으면 운동할 만하다. 애인이 고시원에서 사는 게 힘들지 않냐고 물었다. 당연히 힘들다고 답했다. 왜 돌아가지 않냐고 다시 물어서 긴 답변을 했다.

"부모님은 공무원을 오래 해서 다른 일에 대해서는 전혀 모른다. 부모님은 두 분 다 경찰공무원이고, 외할아버지도 경찰이었고, 이모랑 이모부는 교사 부부다. 평범한 회사 생활 몇십 년 한 사람이 없다. 심지어 사촌들도 다 공무원과 공기업으로 갔다. 그래서 퇴사하고 잠깐 2~3개월 있던 그 시간이 부모님에게 고깝지 않게 보였던 게 이해된다. 밤새워 준비해 면접 보고 점심에 쓰러져 자는 게 게으름으로 보였던 시선도 이해된다.

이런 사람들에게 스타트업이 어쩌고, 사기업이 어쩌고 하는 게 무슨 소용이겠나. 일단 되고, 하고 설명해야 한다. 면접 보고 들어와서 잘 때, 아버지가 했던 말은 거실 불 켜고 나가지 말라는 거였다. 그런 정신머리로 사회생활을 하면 안 된다는 거였다. 그때는 화가 났다. 지금은 이해된다. 아버지가 할 수 있었던 말은 그거뿐이었다. 회사 생활이나 면접, 스펙 등에 대해서 모르니 그 어떤 실질적 도움이나 조언을 줄 수 없어서 그냥 마인드를 고쳐주려고 한 거뿐이었다."

그 전날 들었던 말은 요즘 신문 보니 일 구하기 어렵다던데, 기술대학이나 공장이라도 가라는 거였다. 요즘은 신문 보면 일자리가 많다니 그 반대이려나?

그다음 날 들었던 말은, 1년 안에 취업하고 1년 안에 집을 구해 나가라는 거였다. 그렇게 쉬지만 말라는 거였다. 수백 번 했던 도서관 다녀온다는 말이 정말 도서관이라고 생각하시는 건가. 면접, 약속, 쇼핑, 막노동일 수도 있다. 그걸 설명해 뭐하겠냐는 생각이 들었다. 부모님은 말도 안 되는 걸 내

걸고 나를 자극하면 뭐라도 될 줄 안다. 직장과 집이야 1년 안에 구하라면 구한다. 그런데 그게 정말 좋은 직장과 집이겠는가.

그래서 다음다음 주에 바로 고시원으로 갔다. 일도 최대한 빨리 구했다. 우리는 서로 너무 다른 생각을 하고 산다. 그 1년 동안 내가 얼마나 좋은 영향과 기운을 얻어 좋은 곳에 가겠는가. 무리한 혹은 조급한 성공이나 성취를 원하는 성격도 어쩌면 이렇게 강하게 독립시켜 키우려고 하는 부모님 덕분도 있는 거 같다. 솔직히 힘들고 미울 때도 있는데 이미 많이 받으며 자라서 할 말이 없다. 조금만 더 믿고 기다려주면 좋겠다는 생각을 자주 한다. 어쩔 수 없다.

부모님과 나는 너무 다른 사람이다. 편한 집도 중요하지만 내 정신과 마음도 그만큼 중요하다. 아마 한 달 정도 더 있다 돌아가면, "고생했다. 역시 집이 좋지? 여기서 또 잘해보자." 라고 할 게 그려진다. 그리고 또 한 달 정도 뒤면 "대체 취업은 언제 할 거니?" 할 풍경도 그려진다. 쇼펜하우어는 인생이 고통과 권태의 반복이라고 했다. 나도 반복을 겪고 있다. 그렇다고 두 달 나가 살고, 한 달 들어와 살고 이럴 순 없다.

그냥 산다. 엿 같아도 그냥 산다. 내게 중요한 걸 내가 선택했기에, 내가 책임진다. 부모님이 산 집과 주시는 밥 등은 내가 선택할 수 없으니 불평하곤 하지만, 닭가슴살과 냉동 볶음밥은 내가 선택한 거니 책임지고 먹어야 한다. 선택하는 사람이 책임을 져야 한다. 또 어쩌면 이것마저도 이야기가 되지 않을까 싶다. 마약 팔고 총 쏘는 미국 애들의 힙합은 진짜 힙합이지만, 수능 공부하고 부모님 용돈 받으며 자란 한국 애들은 진짜 힙합이 아니라는 농담이 있었다. 이런 글을 적는 사람에게서 등 따신 이야기가 나와서 되겠는가. 이 정도면 일상을 팔아먹는 트루먼쇼다.

○

회사 인턴이 인스타 추가하자고 했다. 회사 사람이랑은 그런 거 안 한다고 했다. SNS 없이 서로를 알고 싶다는 개똥철학을 말했는데 잘렸으니 어떻게 보면 다행이다.

오늘 샤워하는데 면도기를 떨어뜨려 조립하는 데 10분이 걸렸다. 씻으려고 다 벗고 벌벌 떨면서 면도기를 조립할 때는 정말 시발 시발 거리면서 했다.

DATE.	TITLE.
고시원 82일 차	내가 없어도 사회는 돌아간다

퇴사 날 힘들어 술을 좀 마셨다. 이때쯤 혼자 술 마시는 습관이 생겼다. 새벽까지 유튜브를 보며 뒤척거렸고, 다음 날은 느긋하게 일어나려 했다. 불가능이었다. 아침에 출근하는 건지 어디 나가는 건지 사람들의 씻는 소리와 알람 소리로 여덟 시만 되면 부산스러웠다. 누구는 아침부터 씻으며 한 3분간 크르륵칵칵 소리를 낸다. 지금까지는 운동하러 일곱 시쯤 나가거나, 씻고 여덟 시 반쯤 나갔기에 몰랐나 보다. 고시원에 살면 이건 좋다.

또 신영복 선생의 말이 떠오른다. 수감자들은 여름보다 겨울을 택한다고 한다. 여름의 타인은 열 덩어리지만 겨울은 옆 사람의 체온으로 추위를 이겨내기 때문이다. 다른 사람의 살아가는 소리가 또 이렇게 아침 생활을 도와준다. 혹시 가족과 함께 축구라도 보라고 월요일에 해고한 걸까? 부모님과 함께 축구를 보러 본가에 가려다 참았다. "반차 냈어, 휴

가야." 변명도 생각해 봤다. 아무리 생각해도 걱정하실 거 같았다. 그래서 술을 마셨다.

이렇게 생각하면 또 재밌다. 고시원에 간 후, 40일 정도 만에 직장을 구했다. 작은 회사였고, 월급도 많이 줄었었다. 부모님은 작은 회사에 들어갔지만 그래도 일을 하니 다행이라는 반응을 보였다. 자식이 몸을 파는지 택시를 모는지 라이더를 하는지도 모르면서 일을 한다니 다행이란다. 호스트 한다고 농담이라도 해볼까 생각했다.

부모님은 대학교 1학년까지는 내게 꿈을 찾으라는 말을 하곤 하셨다. 지금도 그렇지만 그때도 반은 진심이 아니겠다고 생각했다. 공무원을 하면 좋겠다며 관련 학과를 추천하셨으면서 이제 와서 꿈이 찾아지겠는가. 하지만 또 반대로 생각하면 스스로가 그렇게 열정을 가지고 했던 무언가가 있나 돌아보게 된다. 데프트라는 프로게이머가 십 년 만에 우승했다고 기사가 나왔다. 자신은 오히려 부모가 반대해서 더 게임에 몰두할 수 있었다고 한다. 반대를 이겨내는 실력과 의지가 있는 사람만이 게이머로서 성공한단다.

○

최근 2, 3일간 인터뷰를 엄청 봤다. 다른 사람들이 무슨 생각을 하며 사는지, 무슨 생각으로 일을 하는지 궁금했다. 영화 〈에브리씽 에브리웨어 올앳원스〉를 두 번 봤다. 요즘은 글도 새로운 걸 보기보다 기존에 봤던 걸 또 보고 있다. 내 글도 꽤 돌아보고 있는데 부모 이야기가 많다. 자식이 부모를 이겨내지 못하면 똑같이 산다고 한다. 정말 그렇게 되어가는 거 같다. 부모와 자식 간의 미묘한 힘 싸움은 크로노스, 우라노스, 제우스 때부터 있지 않았나. 부모의 영향은 받아도 내 삶에 영향력을 미치게 하고 싶지는 않았다. 어렵다.

한 예로 나는 화가 나면 차분히 그 사람과 상황을 정리하고 거리를 둔다. 애인들과도 그렇게 몇 번 헤어졌다. 어머니는 그 모습이 네 아빠랑 똑같다고 한다. 배가 부르지만 음식 안 남기는 습관도 아버지를 닮았다. 아버지는 어려웠을 때의 영향인지, 상한 음식도 자르면 괜찮다고 하며 드시고, 어렸을 때부터 형제나 어머니가 남긴 걸 먹어 치우셨다. 요즘 나도 그렇다. 변명하자면 이제는 먹는 게 다 돈이니 진짜 내 돈이 아깝고 먹을 게 없어서 다 먹는 거다.

축구가 끝났다. 이제 집에 돌아가면 축구 이야기를 할 수 없다. 부모님이 직장 이야기를 물어오면 호스트로 전직했다고 해야겠다.

회사 잘린 거랑 고시원에 산다는 글에 사람들이 '좋아요'를 계속 눌러주니 민망하다. 계속 고시원에 살아야 글이 나올 텐데, 그렇게 여기 오래 있고 싶지는 않다. 처음에는 삼 개월 정도 생각했다. 유튜버한테 지하에 가둬 두고 영상만 찍게 시키고 싶다는 댓글들이 이런 기분이었을까.

DATE.	TITLE.	
고시원 83일 차	남의 불행이 즐거운가요	

애인이 대화하다 결론을 내려줬다. '뭘 하고 싶어? 회사에서는 뭐가 문제였어? 회사에서 과연 하고 싶은 대로 할 수 있을까? 다음에도 회사를 갈 거야? 넌 그냥 네 일을 해야겠네.' 그래서 헛짓거리라고 생각하면서도 스마트스토어가 유행이라길래 만들어봤다. 상품은 아니고 글이나 잡다한 거를 팔아보려고 했다. 나는 늘 날 팔고 싶어 했다.

친구랑 오랜만에 통화를 하고, 반응이 없어 역시 글로서는 부족하다고 생각하면서 자려던 참에 메일이 왔다. 상품을 결제했다는 내용이었다. 컨설팅이라기엔 거창하고 당시 『아무것도 하지 않는 사람』이라는 일본의 책을 보고 따라 한 거라 신기했다. 막상 주문받고 나니 그다음에 일정을 잡고, 있지도 않은 배송 정보 등을 입력하느라 꽤 고생했다. 메일이나 문자는 너무 개인정보고, 채팅은 고객이 불편하다. 온라인 예약을 만들어보려 했는데 오프라인 장소가 있어야 가능

했다. 결국 채팅으로 일정을 조율했다.

상담해 보니 실업급여를 받을 수 있는 거 같다. 다행이다. 필요 서류를 부탁한다는 카톡 연락이, 잘렸다는 말을 들을 때보다 더 떨렸다. 나도 참 희한한 인간이다. 고용센터의 비슷한 또래 여자가 도와주었다. '2년 전에는 나도 저런 역할이었지.' 하면서 기분이 묘했다. 친구와 오랜만에 통화했다. 친구는 이직 등 커리어나 연봉 고민을 이야기했다.

글을 본 친구는 대충 내 이야기를 알고 있었다. 2년 가까이 글을 본 친구가 이렇게 반응이 좋았던 글은 처음이라며 나보다 더 놀라워했다. 친구가 "네 글이 인기가 많네. 사람들이 타인의 불행을 보고 즐거워하네." 의문을 던졌다. 빵 터지긴 했는데 그게 다는 아닐 거다. 이태원 참사도 그렇고 세상에 사건 사고는 많다. 아마 오늘도 거리에서 수십 명이 교통사고로 죽었을 거다. 그래도 우리는 계속 살아간다. 나와 관계없는 이의 불행은 숫자일 뿐이니까.

해외에서 전쟁으로 수백, 수천 명이 다치고 죽는 걸 들으며 정말 진심으로 가슴 아파하는 한국인들이 얼마나 있을까? 반대로 그 전쟁을 직접 보여주고 피해자를 조명하면 어떨까? 그때부터 그 사건은 우리에게 관계있는 일이 된다. 불행을 적나라하게 묘사하고 거기에 감정이 잔뜩 들어가게 이야기를 섞으면 즐겁기보다는 보기 싫어진다. 누군가는 일상이 어려울 정도로 감정 동요를 겪는다. 내 글도 그렇다. 그리 큰 불행이 아니었고, 감정을 빼려 했다. 제목 어그로도 끌었고, 유머도 조금 섞었다. 감정을 비우고 글을 쓰기 위해 소주 2병은 비웠다. 그렇지만 나도 가끔 타인의 가벼운 불행을 고소해 하는 인간이다.

○

헬스장 짐을 찾아가라는 연락이 왔다. 토요일 오전 1시였다. 짐을 토요일 오후에 찾아가라는 내용이었다. 왜 내 짐을 가져갈 수 있나 불안해해야 하는 건지, 왜 새벽에 알려주는 건지 이해가 되지 않는다. 일정이 안 돼서 전화했는데 당연히 받지 않았다. 답답함에 비슷한 피해자를 찾다가 단톡방을 발견했다. 한 아저씨는 여기서 20년 운동하면서, 사장이 자주 바뀌었지만 이런 일은 처음이라고 했다. 알고 보니 20년이나 있었던 곳이었다. 헬스장 신규 모집 사기는 들어봤는데 20년 있던 곳이 사라질 정도면 정말 어려웠던 걸까? 아무튼.

베개를 자주 안 빨아서인지, 공기가 안 좋아서인지 피부에 하나둘 작게 뭐가 생긴다. 학창 시절 내내 여드름 한 번 나지 않은 피부는 부모님에게 물려받은 유일한 장점인데, 3개월 있는 동안 자잘하게 뭐가 나고 사라지면서 흔적을 남겼다. 몇 년 만에 화해 어플을 깔고, 리뷰를 찾아보고, 올리브영에 갔다 왔다. 그러다 귀찮아져서 두 번 씻는 걸로 대체하고 있다.

○

신호가 파란불로 바뀌었는데 차가 인도 반 정도를 침범했다. 반대쪽에서 오던 자전거 탄 아저씨가 가운뎃손가락을 올리고 지나갔다.

○

애인과 대화를 하다가 문득 느꼈다. 주변 사람들에게 늘 노력과 시간만 투입한다면 뭐든 할 수 있다고 말하곤 다녔다. "너는 만화가도, 부자도, 프로그래머도 될 수 있어." 그러다 친구가 한 말이 떠올랐다. "학창 시절 공부하고, 취업 준비하는 날만큼 돈에 대해서 그렇게 노력하고 고민해 봤어?" 나야말로 언행일치를 못 하고 있다. 뭐든지 할 수 있다고 생각했지만, 그만큼의 노력은 하지 않고 있었다.

어머니가 작게나마 무언가 일을 하려고 하신다. 이력서를 작성해서 낸다고 하길래 잠깐 봤다. 이메일 제목도 이름으로, 파일도 본인 이름 그대로 작성해서 내려고 하셨다. 이렇게 하면 안 된다고 했더니 안 뽑혀도 연금이 있어 상관없다고 하신다. 이게 33년을 일한 자의 패기일까.

○

가끔, 아주 가끔 책을 많이 읽었다고 말하고 다닌 게 부끄러워진다. 그 책만큼 스스로가 변하고 나아졌는가 하면 아니기 때문이다. 예전 정치인 중에서 대학 도서관 책을 다 읽었다고 말하고 다닌 사람이 있었다. 그게 자랑거리인지는 모르겠다. 일단 수십만 권을 몇 년 안에 읽는 게 가능한지가 당연히 생기는 의문이다. 만약 그게 가능하다면 하루에 100권씩은 읽었다는 건데 그 속도와 양만큼 흡수하고 체화시켰는지가 두 번째 드는 의문이다. 마지막으로 수십만 권을 읽었는데도 부자나 현자, 리더, 성인이 되지 못한다면 그게 무슨 의미가 있는가. 남들보다 콘텐츠를 많이 접한 게 자랑이라면 드라마나 영화를 몇만 시간 본 사람도 세상에는 널렸다. 미국인들은 일주일에 TV를 몇십 시간은 본다.

하루는 전 회사 신입이 취미가 뭐냐고 해서, 독서라고 했다. 한 달에 몇 권 읽냐기에 "요즘 책은 안 읽고 온라인으로 봐요. 웬만한 책 한 권만큼 하루에 읽을걸요." 말하려다 귀찮아질 거 같아 일주일에 한 권이라고 했다. 읽는 거만 따지면 3일에 한 권은 될 거다. 줄여 말해도 놀라서 민망했다. 일본 여자들이 가슴 사이즈를 줄여 말하는 경우가 있단다. 가슴이 크다고 하면 생기는 이미지가 싫어서란다. 요즘 나도 어디 가서 책 이야기가 나오면 그냥 아무것도 모르는 척한다.

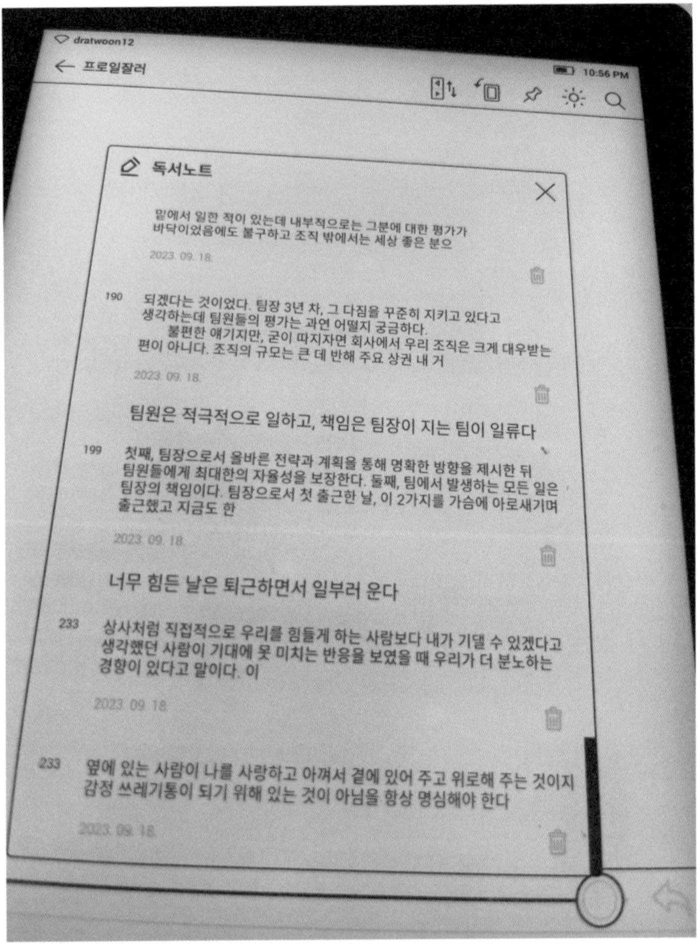

dratwoon12

← 프로일잘러

10:56 PM

독서노트

밑에서 일한 적이 있는데 내부적으로는 그분에 대한 평가가 바닥이었음에도 불구하고 조직 밖에서는 세상 좋은 분으

2023. 09. 18.

190 되겠다는 것이었다. 팀장 3년 차, 그 다짐을 꾸준히 지키고 있다고 생각하는데 팀원들의 평가는 과연 어떨지 궁금하다.
불편한 얘기지만, 굳이 따지자면 회사에서 우리 조직은 크게 대우받는 편이 아니다. 조직의 규모는 큰 데 반해 주요 상권 내 거

2023. 09. 18.

팀원은 적극적으로 일하고, 책임은 팀장이 지는 팀이 일류다

199 첫째, 팀장으로서 올바른 전략과 계획을 통해 명확한 방향을 제시한 뒤 팀원들에게 최대한의 자율성을 보장한다. 둘째, 팀에서 발생하는 모든 일은 팀장의 책임이다. 팀장으로서 첫 출근한 날, 이 2가지를 가슴에 아로새기며 출근했고 지금도 한

2023. 09. 18.

너무 힘든 날은 퇴근하면서 일부러 운다

233 상사처럼 직접적으로 우리를 힘들게 하는 사람보다 내가 기댈 수 있겠다고 생각했던 사람이 기대에 못 미치는 반응을 보였을 때 우리가 더 분노하는 경향이 있다고 말이다. 이

2023. 09. 18.

233 옆에 있는 사람이 나를 사랑하고 아껴서 곁에 있어 주고 위로해 주는 것이지 감정 쓰레기통이 되기 위해 있는 것이 아님을 항상 명심해야 한다

2023. 09. 18.

독서가 취미입니다

DATE.	TITLE.
고시원 85일 차	스물아홉 백수가 다가온다

해고당한 후 고민이 많다. 스타트업이라는 선택은 좋았던 거 같은데 뭐가 문제였을까. 다른 스타트업은 다를까. 공공기관을 괜히 나왔을까. 이제는 무언가 도전하기에는 늦었나. 가족이 전부 공무원이면서 공무원을 택하지 않았던 건 공무원이 된 이후의 삶을 알았기 때문이다. 2014년 대학교 1학년 때는 공무원 현직자 카페 등을 보면서 생각보다 만족하면서 다니는 사람이 많이 없다는 걸 알게 됐다. 들어가기도 어려운데 만족하지 못할 거라면 계속 도전하는 삶을 살아야겠다고 생각했다.

공공기관을 나온 이유도 생각보다 루틴하고, 새로운 일을 하는 데 내 의견이나 의지가 개입될 여지가 적다는 걸 깨달았기 때문이다. 당시에는 취업은 일찍 했어도 잘 적응 못한 내 잘못인가 했다. 어떻게 보면 처음 선택부터가 잘못이었다. 인사전문가가 취업이나 회사 생활에 대한 걸 알려주는 채널이 있다. 도전하고 싶은 사람이 공공기관에 간 거 자체가 미스였다는 영상이 있었다. 그만큼 자기 분석이 부족했다는 말이었다.

해고당했다는 글을 적자, 회사를 욕하고 나를 응원해 주는 댓글이 많았다. 그런데 한편으로는 회사 입장도 이해가 됐다. 대표 입장이었으면 안 맞는 직원은 쳐내는 게 맞지 않은가. 내가 대표였어도 나를 잘랐을 거다. 일을 잘하고 못하고를 떠나 잘 안 맞는 인간이었으니까. 가끔 이렇게 빙의하곤 한다. 전 회사 팀장이었으면 이렇게 했겠지, 대표였다면 이렇게 했겠지 등. 이건 꽤 좋은 습관이 됐다. 요즘 고민은 네 가지다.

(1) 큰 스타트업에는 당장 실무능력이 없어 들어가기 어려우니 작은 회사에 들어가야겠다고 생각했다. 작은 회사에서 작은 일부터 해서 커야겠다고 생각했다. 그런데 대표가 그런 사람이 아니면 어떻게 하지. 작은 일이니 그냥 쓰고 버려야겠다는 사람일 수도 있다. 그건 내 영향 밖의 일이다.

⑵ 『미생』에 이런 장면이 있다. 오 과장과 선배가 회사를 만들었다. 대표인 선배는 계약직이 끝난 장그래를 자신의 회사에 싼 맛으로 데려오자고 한다. 그때 오 과장이 화를 낸다.

"장그래는 잘하는 친구니 좋은 사수가 있고 좋은 후배가 있는 곳으로 가야 한다. 그래야 클 수 있다."

당연한 거 아닌가. 당연히 사수와 선배가 있고 잘 가르쳐주고 이끌어주면서 성장하는 게 회사 아닌가. 당연한 게 아니었다. 저번 회사는 팀에 둘뿐이었고 사수와도 10년 정도 차이가 나서 제대로 무언가를 전달받지 못하는 느낌을 받았다. 사수는 일을 잘하는 사람이었지만 하나하나 가르쳐주는 사람은 아니어서 혼자 고민하며 일했다. 잘하고 있는 건지 아닌지 피드백이 없어서 1년이 지난 시점에서도 잘하고 있는지 계속 의문을 가졌다.

스타트업은 다를까 했다. 전부 임원이었고 사원은 나 혼자였다. 사수랄 게 없었다. 생각해 보면 시스템을 잘 갖추고 있으면서 성장성도 동시에 가지는 회사는 흔치 않겠다. 결국 회사도 사람이 만든 거니 빈틈이나 오류가 꽤 많다.

(3) 또 미생이다. 장그래가 일하면서 겉멋 든 이야기를 하자, 선배들이 돈을 주고 장사부터 하라고 한다. 장그래는 양말을 사 지인에게 판다. 그러다 깨닫는다. 상품성이 없는 걸 인맥으로 파는 게 무슨 소용이지. 100억 매출의 브랜드도 말한다. 처음에는 브랜딩이나 사업이 아니라 장사라고. 그저 또 오라고 반갑게 인사하고, 손글씨로 정성을 표현하고, 친밀하게 다가가는 게 다라고. 내가 하고 싶은 분야가 사업인가? 장사인가? 스타트업인가?

(4) 일을 좋아할 수 있을까? 좋아하는 분야에서 일하면 행복할까? 무언가를 좋아해 무언가를 팔면서 일한다는 건 대중에게 맞춰야 하는 일이다. 유명한 패션 브랜드는 매출이 몇천억이다. 그리고 핫하다는 패션 브랜드는 높아 봤자 백억이다. 패션 대기업들이 핫한 브랜드를 못 만들어서 안 하는가. 그게 큰 회사를 굴러가게 할 만큼 소비층이 없어서는 아

닐까.

핫하다는 건 무난하지 않다는 거고, 무난하지 않다는 건 소비자가 없다는 거다. 좋아하는 일을 한다는 건 내가 그 일을 남들보다 깊고 크게 알며 좋아한다는 거고, 돈을 벌려면 그 일을 나만큼 좋아하지 않는 누군가에게 팔아야 한다. 내 지식이나 취향보다 더 가벼운 걸 팔아야 하는 거다. 좋아하는 분야에서 좋아하는 일을 한다는 게 가능한 걸까? 사장처럼 생각하며 일하고자 했다. 청소나, 사소하고 잡다한 일들 하나하나 신경 쓰려고 했다.

작은 회사라 회사의 이런저런 서류도 볼 수 있었고 좋은 경험이었다. 그렇지만 나는 사장이 아니었다. 그래서 어떤 영향력도 없었다. 솔직한 이야기지만, 스타트업에서 일하고자 하는 건 대표처럼 너무 많은 일을 하기는 싫고, 큰 리스크도 지기 부담스러워서였다. 그래서 스타트업에서 일하면서 어깨너머로 배우고자 했다. 언젠가 내 일을 하고 싶다. 그게 당장은 두려워서 돌아가는 중이다. 예전에 회사가 싫어 사업

하겠다는 애들을 철없다 비웃었다. 알고 보니 내가 그런 인간일 수도 있겠다는 생각을 한다.

나는 정말 회사를 만들고 키울 능력이 있는 인간인가. 그냥 그 성장과 성공, 노력의 이미지만을 부러워하는 건 아닐까. 계속해서 글을 본다. 계속해서 새 프로그램이 나오고, 새 기술들이 나온다. 이걸 다 익힐 수 있을까. 에버노트 이야기는 들어갔고, 이제는 노션 이야기도 들어가고 있다. 잘하려면, 자라려면 배워야겠지.

○

학교 다녔을 때처럼 회사에 대해 가진 환상이 너무 컸던 걸까. 학교가 토론과 배움의 장인 줄 알았다. 그런데 교재를 달달 외워야 점수를 주는 과였다. 동기들은 이 교수는 이런 답변 스타일을 좋아하고, 작년에는 이런 주제가 나왔으니 그건 빼고 봐야 한다는 이야기를 하고 있었다. 학교에서 주관식을 제출했을 때 교수가 한 말은, 글씨를 이렇게 쓰면 점수를 줄 수 없다는 거였다. 맞는 말이긴 하다. 그래서 손으로 안 쓰고 키보드를 두들기고 있긴 하다. 회사도 어떤 성장과 문화, 자기실현의 장이 아니라 그냥 돈 버는 곳 그 자체일 뿐인데 너무 기대하는 게 아닐까. 이제는 내 일 한다는 사람도, 회사가 잘 맞는다는 사람도 대단해 보인다.

회사 글을 적자 그런 회사는 망한다는 반응이 좀 있었다. 좋게 헤어진 건 아니어도 짧게나마 있었던 곳이니 망하지는 않았으면 좋겠다. 그리고 내가 관심 있게 본 스타트업은 거의 다 잘됐다. 3년 전, 금융 스타트업에 넣었고. 올해는 부동산이랑 반도체 스타트업에 넣었다. 금융 스타트업은 1차 면접에서 떨어졌다. 지금은 조 단위 가치평가를 받고 있다. 반도체 스타트업은 최종 면접에서 탈락했다. 그 회사는 한 달 후 100억 넘는 투자를 받았다. 아직 보는 눈은 있나 보다.

어떤 회사에서 일해야 할까. 그 회사는 어떤 회사여야 할까. 스물여덟 백수에서, 스물아홉 백수가 다가오고 있다.

DATE.	TITLE.
고시원 90일 차	앞가림도 못 하는 6년 차 작가

출판을 하고 싶었다. 고시원에 살면서 글이 좀 쌓였다. 늦게까지 찾아보고 글을 정리하느라 시간을 보냈다. 그래서 그런지 오늘은 유독 피곤했다. 오늘은 아무것도 하지 않고 하루를 보냈다. 굳이 따지면 종일 워크맨 유튜브나 게임 방송을 보긴 했다. 인터넷에서 표절 시비도 붙었다. 그 글에 하나하나 댓글을 달아주다 보니 괜한 에너지만 빼앗겼다. 맞는 말을 하는 사람보다는, 사랑스러운 사람이 되어야 한다는 걸 다시 한번 느꼈다. 그래서 굳이 밖에서 말을 많이 하지는 않는다. 하고 싶은 말은 글로 적을 뿐.

어머니가 외국어 강사에 도전한다. 몇 년 공부하시더니 문화센터 같은 곳에서 답장을 받았나 보다. 아버지는 못마땅해하신다. 자아실현이나 그런 거 생각하지 말라는 말에 내가 괜히 민망해졌다. 피곤한 건 늦게 잤기 때문만은 아닐 거 같다. 글을 쓴 지 6년이 되어간다. 당시에는 작가라는 말을 잘

하지 않았는데 요즘은 가끔 꺼낸다. 그래도 백수인 건 변함 없다.

애인이 내 패딩이 더러워졌다고 했다. 중고로 산 3만 원짜리 패딩이다. 이거 입고 고시원 부엌에서 밥도 먹고, 옥상에서 담배도 피우고, 노트북도 하고, 가끔 추우면 입고 잔다. 더러워질 수밖에 없다. 그냥 하하 웃었다. 패딩을 입고 자야 한다. 위아래로 내복을 입고, 수면 양말을 신어도 춥다. 손이 시리고, 정말 코끝이 시리다.

○

헬스장에서 짐을 챙겨 왔다. 남은 기간을 다른 곳에서 채울 수 있게 노력한다는데, 반은 포기했다. 짐이라도 받아서 다행이다. 짐 챙기라는 연락을 왜 전날 새벽 1시에 하는 건지는 아직도 의문이다. 마인드가 문제라고 따지려다, 사장이 굳이 프런트에 나와서 서명을 받는 걸 보고 의외로 대단하다고 생각했다.

이상한 꿈을 꿨다. 공무원이 됐다. 하루는 출근했는데, 내가 아는 주변 사람들이 다 바뀌어 있었다. 심지어 앞자리는 꽤 오랫동안 사귀었던 전 애인이었다. 이름을 불러도 대꾸해주지 않았다. 그래서 자리에서 일어나 친구에게 "야, 쟤가 왜 여기 있어?"하고 물었는데, 닥치고 일이나 하라고 했다. 맞는 말이다. 전 애인이 회사에 있을 수도 있지. 앉아서 일이나 하려고 했는데 내 컴퓨터가 없었다. 어라. 컴퓨터가 왜 없지. 당황하며 꿈에서 깼다. 정말 헉헉거리면서 깼다. 그다음 다음 날도 비슷한 꿈을 꿨다. 나름 잘해 나간다 생각했는데 회사에 대한 안 좋은 기억들이 생기다 보니, 남자로서 자존감이 많이 무너졌나 보다. 앞가림을 못 하는 6년 차 글쟁이. 이게 내 현실이다.

공공기관에 합격했다고 좋아한 26살의 나

DATE.	TITLE.	
고시원 105일 차	언제까지 이렇게 살아야 할까요	

샤워하는데 수건을 안 챙겼다. 머리에선 물을 뚝뚝 흘리고, 몸을 입던 옷으로 감싸고 겨우 나갔다. 잠옷이라고 입는 운동복을 거의 열흘 넘게 입고 있었더니 빨아야 할 때가 됐다는 신호였을까. 편하게 빨래할 수 있는 환경이 아니라 옷을 오래 입으니 피부가 안 좋아지는 게 느껴진다. 해고 후 뭐하고 지냈는가. 당연히 하루는 힘들었다. 돌이켜보면 잘 나왔지만, 적응이라고 할 수조차 없는 시간 동안 일한 게 스스로에게 민망했다. 회사 생활이 인간관계가 반인 걸 알면서도 등한시한 게 잘못이었을까. 스스로의 의지에는 한계가 있는 걸 알아 모임 같은 걸 잔뜩 신청했다.

한 모임에서 처음으로 글을 쓴다는 걸 공개했다. 다른 곳에서는 보통 "학생이에요, 백수예요, 직장인이에요." 숨기기 바빴는데 한 번쯤 용기를 내봤다. 무언가 다른 시도를 해봐야 다른 결과가 나올 거 같았다. 독서실을 운영하는 분에게 공짜로 글이라도 적어드리겠다고 했다. 거절당했다. 스스로가 봐도 부족하긴 하다.

○

애용하던 담배가 단종됐다. 에쎄 시크릿 시리즈인데, 캡슐마다 맛이 다르다고 하는데 그건 모르겠고, 냄새가 덜 나는 게 마음에 들어서 좋아했다. 에쎄는 아버지가 피던 담배다. 아버지를 따라 체인지를 애용하다가 냄새가 심해서 바꿨다. 나머지는 핀 후 냄새가 마음에 안 들고, 그램은 냄새는 덜 나도 너무 얇아서 별로였다. 최근 담배들은 달짝지근한 향이라서 피우면서도 불만이다. 이래서 사람들이 한두 가지에 정착하나 보다. 군대에서 원빈이 핀다고 한라산인가를 꾸역꾸역 다 피웠던 게 떠올랐다. 술도 다 마셨다. 해고 후 취향이랍시고 사 놨던 전통주들을 한 잔씩 비우다 보니 한 달도 안 돼서 7병을 마셨다. 좋은 취미도 아닌 거 같고, 재밌고 즐거운 건 남들이랑 할 때 좋은 거라 앞으로는 차라리 이 돈으로 사람들을 만나야겠다고 생각했다.

○

유통기한 임박 도시락을 사고 있다. 인터넷에서 한 달 남은 유통기한 임박 도시락이 개당 천 원이길래 정말 잘 먹고 있다. 추천 키워드는 도시락, 닭가슴살, 곤약 젤리다.

글을 쓰다 보니 회사 제안이 왔다. 몇몇 곳은 스스로가 어딘지 밝히지도 않고, 자세한 소개도 없어 기대 안 하고 있었다. 그러다 처음으로 제안 같은 제안이 왔다. 조금 기쁘다. 누군가에게 인정받고 한 조직의 구성원이 되는 건 생각만큼 지루한 일은 아니었을지도 모른다.

전셋집을 알아보는 중이다. 벌써 계약서까지 적었고, 대출 서류도 제출했다. 이르면 다음 주, 늦어도 다음다음 주부터는 전셋집 생활이다. 빠른 출가와 회사 적응을 위해 고시원에 왔는데 회사를 잘렸으니 굳이 지금 지역에 머물 필요는 없다. 지금은 특히 오피스 지역이라 원룸 오피스텔은 거의 없다. 서울대 쪽이랑 모교 쪽을 고민했다. 꽤 오래 고민하고 돌아다니다 모교 쪽으로 결정했다. 서울대는 방값이 싸고 역도 가까웠지만 안 살아본 곳이었고, 모교는 그나마 인프라도 알고 본가랑도 가까웠다. 서울대 근처는 특히 대학원을 다니는 친구들과 전 직장 동료도 있어 끝까지 고민이 됐다. 3번이나 보러 갔다. 그렇지만 마음에 드는 방이 없었다. 처음에는 지하방을 넓게 쓰면서 남는 돈으로 헬스장에 가려고 했다. 고시원에 이어 반지하까지 소재로 쓰려다가 최근 폭우, 폭설 문제가 자주 발생해 아닌 거 같았다.

공간이 참 중요한 거 같다. 최근 신청한 모임으로 한강뷰가 3분 거리인 오피스텔에 다녀왔다. 파티룸이라 주거 공간은 아니었지만, 도착 전 한강을 걸으며 이런 곳에서 살고 싶다고 꽤 깊게 고민했다. 끝나고 다 같이 역으로 가는 길에서도 한강을 마저 걸으며 언젠가는 꼭이라는 생각을 했다.

언젠가는 꼭.

DATE.	TITLE.	
고시원 116일 차	이제 고시원 안 살아요	

어머니 생일날에 집을 나왔다. 오늘 딱 120일이 됐다. 전세로 간 지는 4일째다. 고시원에서는 116일 살았나. 그리고 스타트업에서 일한 지는 3일째다. 늘 생각나면 일단 해보거나, 아니면 해치워야 한다고 생각해서인지 하루 반 만에 이사를 끝내 버렸다. 스타트업도 좋은 기회라고 생각해 바로 일하겠다고 대답했다.

9월 중순에 나와 고시원에 입실했다. 가장 빠르게 방을 구하는 방법이고 저렴했기 때문이다. 지금 소제목들을 보니 참 귀엽다. 내가 나를 보고 귀엽다고 하다니 미친 걸까. '불만보다는 불안을. 타인은 지옥인가. 루틴이 잡혔다. 외롭지만 다시 살아보자. 처음 주말. 생각이 또 하나 바뀌었다. 나는 박쥐 인간. 타인은 지옥 맞다. 비 오고 휴무인 날. 기분이 좋다. 지갑을 잃어버리다. 스타트업 4일 차. 무미건조한 날들.'

희로애락이 다 느껴져서 신기하다. 이게 고작 3달 전이다. 그렇지만 해고 후 힘들었다. 해고보다 힘들었던 건, 루틴이 사라졌다는 거였다. 아침 간단히 먹고, 헬스장에 간다. 늘 총각 왔냐고 말하는 기사식당에 가서 돼지불백을 먹고, 저녁은 닭가슴살을 먹는다. 밤까지는 도서관에 가서 책을 읽거나 글을 썼다. 헬스장이 사라졌고, 거의 비슷한 시기에 해고도 됐다. 아침 7시부터 10시까지의 루틴이 사라져 버렸다.

좁아터진 방에서 3일 정도 누워 모바일 게임과 유튜브로 보냈던 날도 있었다. 내가 나를 해치는 느낌은 짜릿하면서도 허무했다. 물론 대부분 날은 알차게 보냈다. 문득 이렇게 살면 안 될 거 같아 전세로 옮겨야겠다고 결심했다. 공간을 바꾸면 뭐라도 되지 않을까. 안일한 생각이었지만 잘한 선택이었다. 전세 제도는 예전부터 알고 있었어도 회사가 확정되면 집을 옮기려고 기다리고 있었다. 그런데 회사가 문제가 아니었다. 내가 잘 살고 봐야 했다. 기운을 내야 회사든 일이든 하지 않을까. 좁은 공간은 잠만 자는 공간인데, 잠만 자는 게 아닌 일상인 나로서는 공간을 옮기는 게 더 나아 보였다.

116일 차 고시원 탈출

갖고 있던 주식을 반 정도 팔아서 계약금과 잔금을 마련했다. 그나마 예전에 일할 때 부모님 댁에 살면서 돈을 좀 모아둬서 다행이다. 보증금은 카카오 대출을 이용했다. 금요일 밤에 택배를 보내고, 월요일 오전부터 이사를 시작했다. 큰 옷가지나 물건은 택배로 보내서 크게 정리할 건 없었다. 대신 고시원에서는 옷이랑 신발 정도가 다였어서 잡다한 생활용품을 다 중고로 샀다. 매트리스, 스탠드, 책상, 전자레인지를 이사 당일에 사고, 발매트나 주방용품 등 간단한 걸 다이소에서 샀다. 저녁에는 학교 조교로 일하는 친구와 저녁을 길게 먹었다.

고시원에 살았던 게 잘한 걸까. 좋은 기억으로 남을까. 잘 모르겠다. 예전부터 형이 말했던 것처럼 늘 편한 길을 두고 돌아갔다. 그냥 부모님 집에 살면서 돈 아끼며 취업 준비나 하지 왜 까분다고 나와서 고생일까. 그래도 고시원에서 살았기에, 스타트업에서 일한다는 리스크 있는 선택을 온전히 고민해서 할 수 있었다.

고시원에서 살았던 덕분에 기한 임박 음식만 골라서 먹고 튼튼한 위장을 얻었다. 유료 모임 같은 것도 본가에 있었다면 하지 않았을 경험이었다. 실직 후 위로랍시고 전통주를 잔뜩 주문해 마신 것도 고시원에 살아서 해볼 수 있었다. 백만이 넘는 조회수도 얻었다. 보잘것없는 이야기를 보고 필자가 재밌다고 찾아오고, 돈과 시간, 관심을 지불해 주신 분들도 계셨다. 이 고시원에서 살아남는 게 장하다고 제안을 준 사람도 있었다.

무던한 편이라 고시원에 살면서도, 헬스장이 사라지면서도, 해고당하면서도 그냥 '그렇구나.' 생각했다. 그러니 해고 당일에도, 헬스장이 사라진 날에도 글을 쓸 수 있지 않았을까. 그런데 지금 다시 보려니 민망해 못 보겠다. 감정 없이 쓴 글인 줄 알았는데 감정이 가득하다. 어떨 때는 독기고, 어떨 때는 분노다. 슬픔이 묻어나올 때도 있다. 입으로는 내 이야기를 잘 하지 않는다. 가족과 애인은 나보다 나를 더 걱정하고 사랑하는 사람들이기 때문이다. 내게는 그렇게 크지 않은 일들도 그들은 나보다 더 크게 공감하며, 아파하고, 기뻐

한다.

그래서 오히려 정말 힘든 일이 있을 때는 잘 말하지 못했다. 정말 기쁜 일 따위는 없었던 거 같다. 힘들다고 하면 그들이 나보다 몇 배는 더 걱정하고 힘들어할 거 같았다. 좁아터진 방에서 술을 마셨던 날에도, 담배를 서너 개 피워도 스트레스가 안 풀렸던 날에도 다 괜찮다고 했다. 대신 앉아서 글을 썼다. 그러면 신기하게도 개운해졌다. 기분이 조금 나아졌다.

읽는 분들에게 감정 쓰레기통을 맡긴 건 아닐까 싶은데, 그래도 다들 감정 없이 잘 읽힌다는 걸 보면 아직 감정조절이 잘 되나 보다. 다들 행복하시길.

116일 차 전세방

에필로그

사랑하고 미워하는 인간의 총합

그 인간은 친구이기도 하고, 애인이기도 하고, 가족이기도 하다. 글에서 가족에게 스트레스를 받아서 집을 나왔다고 했지만 가족이 미워서는 아니었다. 같은 핏줄이라도 겪고 보는 것들에 따라서 생각하고 행동하는 게 다를 수밖에 없다. 서로 평생 본 부부 사이도 애증하면서 산다. 배 아파 낳은 자식이라고 모든 걸 알 수는 없을 거다. 자식 또한 당연히 부모를 알 수 없을 거고.

나는 이해한다. 부모님은 맞벌이하면서 자식들을 챙기며 살 수 없었다. 개그콘서트의 〈밥 묵자〉라는 프로그램이 나왔을 때 웃으면서도 씁쓸했다. 늘 같은 자리에 앉아 밥을 먹으면서도 대화 한마디 없는 집이 우리 집이었기 때문이다. 성적은, 네 친구는 어디 사노, 네 친구 아버지 뭐 하시냐는 이야기를 듣고, 그걸 또 개그로 보며 웃는 우리 집을 보면서 이게 코미디를 보는 코미디, 메타 코미디인가 했다.

그리고 감사한다. 가정형편이 어렵다는 친구들 이야기를 들을 때면, IMF를 잘 넘기고 학비 걱정 없이 대학까지 보내준 공무원 부모님께 감사했다. 이제 막 대학 학자금을 다 갚았다는 친구들이 있다. 아직 도전이랍시고 무언가를 할 수 있는 건 부모님의 긴 몇십 년 노고가 있었기 때문이다.

나는 이해한다. 부모님이 경찰이었기에 안 좋은 일들만 보고, 예방과 감시를 최선으로 살아왔다는 걸 안다. 그들에게 공부와 운동이 아닌 모든 일은 죄악이었다는 걸, 여자 친구와 함께 있었단 이유로 쌍욕을 박았던 날도 이제는 이해가 된다. 대학에 가지 않고 직장생활을 하셨기에 어떻게든 자식을 대학에 보내고 싶었던 마음도 이해된다.

그리고 또 감사한다. 초등학교 때 조금은 안 좋은 친구들과 어울려 슈퍼에서 술도 사고 담배도 주워 피웠다. 그때 부모님이 그 친구와 어울리지 말라고 하지 않았다면 지금의 내 모습은 또 어떻게 됐을지 모른다. 엄청 잘난 사람도, 엄청 못난 사람도 되지 않게 만들어주셨음에 감사하다. 그 덕분에 당장의 생존에 급급하지 않고 여러 가지를 할 수 있었다.

나는 이해한다. 많은 이들의 부모 자식 관계는 코끼리 다리의 밧줄 같은 문제다. 어릴 때 발목에 밧줄을 묶어 놓은 코끼리는 충분한 힘을 가진 성체가 되어서도 밧줄에서 벗어나지 못한다고 한다. 가족 문제도 비슷하다. 어느 순간 이미 다 해결할 만큼 성장했는데 어렸을 때 기억 때문에 풀지 못한다. 나도 그렇다. 같은 어른인데도 대화가 통하지를 않는다. 90살 부모에게 70살 노인인 자식은 여전히 아기이기 때문이다. 서울대 출신 의사들도 부모에게는 방구석 건강 채널보다 못하게 느껴질 거다.

아버지의 눈물을 기억하고, 어머니의 분노를 기억한다. 아버지는 잊으셨는지 모르겠다. 나는 거실에서 담배를 피우고 소주를 마시던 아버지의 눈물을 잊지 못한다. 늘 베란다에서 담배를 피우던 아버지는 그날은 주방 식탁에 앉아 담배를 피우셨다. 안주도 없이 초록 병의 술을 드셨다. 그때 아버지는 너는 사고 치며 살지 말라고 했다. 눈물을 흘리며 너만은 제발 그러지 말라며 몇 번이고 말씀하셨다. 게임하다 불려 나온 16살의 사춘기 남학생은 영문도 모른 채 고개를 끄덕였다.

그래서 나는 지금의 아주 순박하고 담담한 자식이 됐다. 모나지도 잘나지도 않은 그런 스펙과 그런 성격의 인간이 됐다. 부모님은 내가 사춘기 없이 컸다고 말하기까지 했다. 한편 자취하면서부터는 몇 개씩 아르바이트를 했고, 코피가 날 때까지 무언가 했다. 아침이 올 때까지 글을 쓰기도 했다. 그러면서 지금의 성격이 만들어졌다. 조금은 공격적이고 냉소적으로 변했다. 귀찮게 구는 사이비들에게는 꺼지라고 말하거나 꽥하고 소리 지르는 사람이 됐다. 그렇지만 부모님에게는 여전히 16살, 그 유순하고 말 못 하는 아들이다. 서로가 서로의 발목에 밧줄을 걸고 30년 가까이 살고 있다. 이제는 누구에게도 통하지 않는 건데, 통한다고 믿으니 통한다. 걱정 끼치지 않은 자식이었다. 20대 후반이 되어서 진로나 적성에 대해 고민하고 있으니 민망해 죽겠다.

그래서 감사한다. 안 좋은 성격은 부모님과 함께하면서 만들어졌지만, 좋은 성격은 나 스스로 만들어낼 수 있었다. 여유로움과 유머는 누구에게도 물려받은 게 아닌 내가 만들어낸 거다. 열심히, 잘, 성실, 예방, 원칙 등을 외치며 살아온 부모님과 조금은 다르게 살려 했고 그게 지금까지는 먹히고 있다. 사고 하나 안 치고 10대와 20대를 보냈다. 부모님의 그 엄살과 감시 덕분이다. 감사하다.

어머니처럼 성당은 다니지 않지만, 상대를 용서하고 이해하려 한다. 육아 프로그램을 보며 눈물 흘리지는 않지만 눈물 흘리는 이들보다 많은 심리와 육아 책을 읽었다. 아버지의 젊은 날보다 힘겹지는 않겠지만 강인하게 살려고 노력한다. 나는 그들을 엄청 사랑하지는 않지만 또 엄청 미워하지도 않는다. 부모가 나를 신뢰하지 않고 비판하는 말을 하는 건 사랑하지 않아서가 아니라 걱정하기 때문이다. 그래서 나는 그들의 말에 기분 나쁘면서도 그들을 미워할 수가 없다. 말이 아닌 행동을 보면 그들은 30년 가까이 나를 키워주었고, 내가 다쳤을 때 뛰어오며, 내가 보고 싶어 눈물 흘리기 때문이다. 사람의 본심은 말이 아닌 행동에서 나온다.

그들의 행동이 나에 대한 사랑을 말하는데 어떻게 미워할 수 있겠는가.

키워주신 부모님과, 부족함에도 어울려주는 친구와 애인, 읽어 주신 분들께.

감사합니다.